Diabolo 19

ZWISCHEN HOFFEN UND BANGEN

Gabi Adam über sich:

Geboren wurde ich am 12.06.1963, ganz in der Nähe des Ortes, wo ich heute lebe. Mit neun Jahren begann ich zu reiten, doch der Traum vom eigenen Pferd wurde für mich erst wahr, als ich 19 Jahre alt war. Die Stute, die ich damals erwarb, befand sich in einem bedauernswerten Zustand, da sie von den Vorbesitzern etwa drei Jahre in einer dunklen Garage gehalten worden war und nur ein- bis zweimal im Jahr aus ihrem Verlies auf eine schlammige Weide hinausdurfte. Plötzlich war mir, die ich mir immer einen wunderschönen Rappen oder einen Schecken gewünscht hatte, nicht mehr wichtig, wie mein Pferd auszusehen hatte. Nur eines zählte: nämlich dieses arme Geschöpf endlich pferdegerecht zu behandeln und es aufzupäppeln. Lady hat es mir vom ersten Tag an mit ihrer Liebe und vielen wunderschönen Ausritten gedankt.
Im Laufe meines Lebens hatte ich mehrere Pferde, und vor einigen Jahren konnte ich mir endlich auch den Traum vom eigenen kleinen Stall verwirklichen, wo bis vor kurzem stets ein bis zwei Pferde standen. Mittlerweile musste ich den Stall aus gesundheitlichen Gründen aufgeben und meine kleine Tinkerstute extern unterbringen.
Mit meiner Mutter, meinen drei Kindern, Hund und Katzen lebe ich zusammen auf einem umgebauten Bauernhof. Meine Familie teilt meine Liebe zu all unseren Tieren.
Wen einmal das Pferdefieber gepackt hat, den lässt es nicht mehr einfach so los. So habe ich schon recht früh damit begonnen, meine Erlebnisse mit diesen wundervollen Tieren aufzuschreiben. Es entstanden einige Kurzgeschichten, die auch zum Teil veröffentlicht wurden. Danach folgte ein Reiterroman für Jugendliche, und im Anschluss daran begann ich mit der Diabolo-Reihe. Zwischendurch schreibe ich allerdings auch immer wieder ein paar Kurzgeschichten oder auch Märchen für kleinere Kinder.

Homepage: http://gabiadam.oyla2.de

Pony Club

Diabolo 19

ZWISCHEN HOFFEN UND BANGEN

Gabi Adam

Pony Club

Umschlagfoto: Bob Langrish
Umschlaggestaltung: Stabenfeldt AS

Handlung und Personennamen sind frei erfunden!

Für alle,
die der Hoffnung
eine Chance auf ein
glückliches Ende geben ...

Herausgeber und Verlag:
PonyClub, Stabenfeldt GmbH,
Oskar-Schlemmer-Str. 11, 80807 München
Redaktion und DTP/Satz:
Stabenfeldt GmbH, München
Printed in Germany 2007
ISBN 978-3-938308-71-4

Kapitel 1

„Mann, ich kann's noch gar nicht fassen, dass ihr endlich hier seid!" Mit strahlendem Gesicht umarmte Gwendolyn ihre Freunde Ricky Sulai, Kathi Sommer, Lilian Beiter und Marc Magenta, die mit ihren Pferden wieder einmal Reiterferien auf dem Gestüt Hohenhausen verbringen durften.

Auch dieses Mal hatte Gwendolyns Großmutter, Gräfin Eleonore von Hohenhausen, ihren Fahrer William mit dem Pferdetransporter losgeschickt, um die Freunde mit ihren Vierbeinern von zu Hause abzuholen. Dies schien ihr sicherer, als Rickys Idee zuzustimmen, die ganze Strecke zu dem Gestüt als Wanderritt zu bewältigen.

„Ich freue mich auch riesig, wieder hier zu sein!", bestätigte Ricky mit glänzenden Augen und ließ ihren Blick schweifen. „Was für eine traumhafte Gegend!", schwärmte sie und ihre Freunde gaben ihr ohne Einschränkung recht.

„Ich hatte das Areal gar nicht mehr so irrsinnig groß in Erinnerung", gab Lilian zu.

„Was? So jung und schon Erinnerungslücken?", grinste Marc.

„Ich denke mal, Lilians Hirn wurde bei der Fahrt ein wenig durcheinandergerüttelt. Da kann es schon mal zu Ausfallerscheinungen kommen", meinte Kathi.

Gwen lachte laut heraus. „Ihr seid ja immer noch genauso drauf wie im letzten Jahr. Bin ich froh! Ich hatte schon Angst, dass ihr euch womöglich zu gesitteten Teenagern entwickelt habt."

„Gesittet? Was ist das?" Marc wollte eben zu einer längeren Antwort ansetzen, als William die Laderampe des Transporters herunterließ.

„Hey, über Sitte und Anstand könnt ihr euch nachher noch unterhalten! Wir laden jetzt eure Pferde aus, und wenn ihr wollt, könnt ihr sie gleich mal auf die Koppel bringen", rief er.

Schrilles Wiehern und das ungeduldige Scharren von Hufen klang zu den Kids herüber.

„Diabolo kann's mal wieder nicht erwarten", grinste Ricky und verschwand im Innern des Transporters. Gleich darauf führte sie ihren wundervollen Rappen auf den Hof.

„Boah, der ist ja noch schöner geworden! Bist du heute schon mit ihm in der Waschanlage gewesen? Der glänzt ja wie eine Speckschwarte!" Gwen konnte sich an dem Tier nicht satt sehen. „Wenn er kein Wallach wäre, könnte er durchaus Konkurrenz für Garibaldi werden. Die beiden gleichen sich wirklich fast aufs Haar."

„Das wär's noch. Diabolo als Deckhengst!" Ricky klopfte ihrem Rappen den Hals. „Das gäbe sicherlich total süße Fohlen."

In der Zwischenzeit luden auch Lilian, Kathi und Marc ihre Pferde aus, wobei Holli sichtlich froh darüber war, als er wieder festen Boden unter den Hufen hatte.

„Holli schaut drein, als wenn er jeden Augenblick Reißaus nehmen möchte", feixte Marc. Sein langmähniger Rotfuchs Sharazan beobachtete aufmerksam Lilians Schimmel, der aufgeregt am Führstrick um seine Besitzerin herumtänzelte.

„Ho, hooo, Holli! Be cool! Ist ja nicht so, dass du das erste Mal hier bist. Also stell dich nicht so an!", versuchte Lilian ihr Pferd zu beschwichtigen.

Kathi stand lässig gegen den Hals ihres Pflegepferdes Rashid gelehnt. Ebenso wie Sharazan ließ sich der Falbe durch nichts aus der Ruhe bringen. Als ehemalige Zirkuspferde waren die beiden Tiere Transporte und fremde Umgebung zur Genüge gewohnt, im Gegensatz zu Holli und Diabolo, die sich an ihrem angestammten Platz zu Hause einfach am wohlsten fühlten.

„Auf welche Koppel sollen wir die vier denn stellen?" Ricky schaute Gwen fragend an.

„Kommt mit!" Das Mädchen winkte ihren Freunden zu und lief mit schnellen Schritten voran. „Omi meinte, dass ihr sie am besten erst mal auf die kleine Wiese bringt, die am Reitplatz angrenzt, damit sich eure Tiere an den Trubel hier gewöhnen können. Es ist nämlich nicht mehr so ruhig bei uns wie vor einem Jahr, seit wir hier immer Feriengäste haben, die von morgens bis abends durch die Gegend wuseln."

„Na, so schlimm wird's auch nicht sein, oder?" Marc klinkte den Führstrick aus, und Sharazan schoss mit seinen Stallgenossen über das satte Grün davon. „So, wie ich die Gräfin kenne, wird sie schon dafür sorgen, dass ihre Pferde nicht gestresst werden."

„Hast du eine Ahnung!", meinte dagegen Gwen, während sie die Koppelstangen schloss. „Wir haben im Augenblick zehn Gäste hier, und einige von ihnen führen sich manchmal so auf, als ob das Gestüt ihnen gehört. Die scheren sich nicht um Verbote, und Omi muss oft ziemlich hart durchgreifen, damit sich die Leute an ihre Anweisungen halten. Ab und zu ist sie nahe dran, den Reitbetrieb wieder einzustellen, um wie früher nur zu züchten."

„Wie alt sind eigentlich die Gäste, die ihr habt? Sind das Erwachsene oder Kinder?", wollte Kathi nun interessiert wissen.

„Querbeet", gab Gwen zurück. „Ein paar sind in unserem Alter und ... hm ... auch ganz nett. Aber ihr werdet sie alle bald kennenlernen. Eine davon ist richtig witzig und bringt uns mit ihren Scherzen immer zum Lachen.“

Ricky blinzelte Gwen zu. „Das klingt doch gar nicht schlecht. Sieht so aus, als ob sie gut zu uns passt.“

„Denke ich auch. Aber jetzt kommt! Omi hat für euch ein spätes Frühstück herrichten lassen. Schließlich soll ihr keiner nachsagen, dass sie ihre Gäste verhungern lässt, gell Marc?“ Gwen stieß Marc lachend in die Seite. Sie konnte sich noch gut daran erinnern, dass Rickys Freund einen nahezu unstillbaren Appetit entwickeln konnte.

Mit einem letzten Blick auf die zufrieden grasenden Pferde setzten sich die Kids in Bewegung. Jetzt würden sie erst einmal frühstücken und die Gräfin begrüßen und später dann ihre Taschen auspacken sowie einen Rundgang durch das Gestüt machen. Insgeheim hofften die Freunde natürlich darauf, dass sie heute noch mit Gwen in das herrliche Gelände reiten könnten.

„Ich finde es so toll, dass wir wieder hier sind!“, wisperte Kathi Ricky zu. „So ein Glück, dass Caroletta die beste Freundin der Gräfin ist. Stell dir mal vor, was uns alles entgehen würde, wenn es nicht so wäre. Wir wären niemals hierhergekommen!“

„Na, was macht die alte Caroletta Koszy?“, fragte Gräfin Eleonore von Hohenhausen und setzte sich kurz zu den Freunden ihrer Enkelin, die sich das reichhaltige Frühstücksangebot schmecken ließen. „Wurschtelt sie noch immer alleine auf ihrem Hof herum oder hat sie es endlich geschafft, sich eine Hilfe anzuschaffen, die ihr ein wenig unter die Arme greift?“

„Sie hat noch niemanden im Auge, aber ich habe etwas läuten gehört, dass sich in den nächsten Tagen verschiedene Leute bei ihr vorstellen wollen“, mümmelte Marc mit vollem Mund. Er griff schon nach dem dritten Stück Mohnstollen, den die Köchin Anna gebacken hatte.

Ricky blickte ihn erstaunt an. „Echt? Davon hast du ja noch gar nichts gesagt! Woher weißt du das?“, wollte sie neugierig wissen.

„Schon vergessen, dass meine Mutter bei Caroletta im Haus arbeitet?“

„Da kann ich bloß hoffen, dass einer darunter ist, der Carolettas Ansprüchen genügt“, lachte Eleonore und erhob sich. „So, ihr jungen Leute, die Arbeit ruft! Gwendolyn, du weißt, dass heute Nachmittag noch der Ausritt mit den drei Mädchen ansteht. Vergiss das nicht!“

Ihre Enkelin nickte beruhigend. „Keine Angst, das hab ich schon abgespeichert“, meinte sie, dann schaute sie ihre Freunde an. „Wenn ihr wollt, könnt ihr ja mitreiten. Das wird bestimmt lustig!“

„Klar wollen wir!“ Lilian strahlte.

„Und wann soll's losgehen?“, fragte Kathi.

„Gegen zwei Uhr.“

„Oh Klasse! Dann haben wir ja noch genügend Zeit, um Golden Star, Garibaldi und den anderen Pferdchen guten Tag zu sagen. Bin schon mächtig gespannt darauf, wie mein Goldi aussieht.“ Ricky schob den Teller von sich und lehnte sich stöhnend zurück, während sie sich den Bauch hielt. „Mann, bin ich satt! Hoffentlich komme ich nachher überhaupt noch in den Sattel.“ Beiläufig schaute sie durchs Fenster in den Hof und ihre Augen wurden plötzlich groß.

„Nee, ich glaub's nicht ...“

Lilian schaute sie verständnislos an und folgte ihrem Blick, doch außer Marius, dem Stallhelfer, der gerade einen der Junghengste über den Sandplatz führte, konnte sie nichts Absonderliches entdecken.

„Sag mal, siehst du Gespenster?“, fragte sie grinsend.

Ricky schüttelte ihren Kopf, als müsse sie ihn von Halluzinationen befreien. „Sieht fast so aus“, gab sie zurück, und überlegte, ob sie den anderen verraten sollte, wen sie gerade zu erspähen geglaubt hatte. Doch dann verwarf sie den Gedanken wieder. Das war viel zu absurd. Sicherlich hatte sie sich getäuscht.

„Seid ihr fertig? Dann lasst uns gehen“, drängte Gwendolyn, denn sie konnte kaum erwarten zu hören, was ihre Freunde zu Golden Star sagen würden.

„Mein Gott, ist dieses Riesentier wirklich der Kleine, den ich damals, nach seiner Geburt auf dem Felsplateau im Arm gehalten habe? Das ist ja nicht zu fassen!“, rief Ricky keine fünf Minuten später aus, als sie vor Golden Stars Box stand. „Wahnsinn, wie der gewachsen ist, und der Goldton in seinem Fell ist noch strahlender geworden!“

„Ich habe noch nie eine so seltene, wunderschöne Farbe gesehen“, meinte Kathi und pfiff anerkennend durch die Zähne.

„Alle Achtung! Wenn der so weiterwächst, dann müsst ihr bald die Box vergrößern.“ Marc lachte.

„Oder ihr müsst ihn im Stutenstall in einer Abfohlbox unterbringen.“ Lilian stieß Gwen in die Seite.

„Ja genau! Was meinst du, wie sich die Stuten über das Hengstlein freuen würden“, kicherte das Mädchen, doch dann zog sie die Freunde weiter.

„Kommt mit! Es gibt noch so viel zu sehen, was ihr noch nicht kennt.“

„Und wir fahren ja auch schon in zehn Minuten wieder nach Hause. Mensch, Gwen, krieg dich wieder ein! Wir sind volle zwei Wochen hier!“

„Ihr glaubt gar nicht, wie schnell die Zeit vergeht.“ Gwen lief aus dem Stall und machte eine Vollbremsung.

„Da vorne sind Lissi und Judith! Die beiden reiten nachher mit. Sie sind echt total nett."

„Und wer ist die dritte Reiterin?"

„Jutta. Keine Ahnung, wo sie wieder steckt. Aber sie wird schon rechtzeitig aufkreuzen. Vermutlich hockt sie bei Imola und bringt sie schon jetzt auf Hochglanz."

Ricky blieb fast das Herz stehen. „Jutta?"

Gwendolyn nickte. „Ja, das ist die Lustige, von der ich euch erzählt habe."

Ricky wurde blass. „Jux!", brachte sie heiser hervor.

Ihre Freundin schaute sie erstaunt an. „Woher weißt du, dass das ihr Spitzname ist?"

„Du machst Witze!" Kathis Gesichtsfarbe änderte sich ebenfalls schlagartig.

„Gwendolyn ... Gwe-en ... kannst du mal kommen?" Marius winkte vom Sandplatz herüber.

Das Mädchen spurtete los. „Bin gleich wieder hier!", rief sie über die Schulter zurück.

„Das kann doch wohl nicht wahr sein, oder?" Kathi schüttelte fassungslos ihren Kopf.

„Ich hab sie vorhin schon gesehen, dachte dann jedoch, ich hätte mich getäuscht", murmelte Ricky. „Wie, um alles in der Welt, kommt Jux nach Hohenhausen? Noch dazu ausgerechnet jetzt, wo wir hier sind."

Lilian legte ihr beruhigend die Hand auf die Schulter. „Sieht so aus, als ob die Welt kleiner ist, als sie scheint."

„Wenn ich das gewusst hätte, wäre ich nicht hierher gekommen", sagte Kathi mit gequälter Miene.

„Nun kommt schon", versuchte nun auch Marc die Mädchen zu beruhigen. „Es war doch nur eine Frage der Zeit, wann wir sie einmal wiedersehen würden, oder?"

Kathi und Ricky schauten sich lange an und dachten wohl das Gleiche.

Es schien schon eine Ewigkeit her, seit die einstmals so gute Freundschaft mit Jux in die Brüche gegangen war.

Jux und Kathi waren damals unwahrscheinlich eifersüchtig gewesen, als Ricky von dem alten Stallknecht Gustl Diabolo geschenkt bekommen hatte. Aus einer Laune heraus hatten die beiden Mädchen dann begonnen, Diabolo und Lilians Doc Holliday nachts heimlich zu reiten, was letztendlich in dem Desaster eines Stallbrandes endete. Kathi hatte reumütig um Verzeihung gebeten, und konnte dadurch ihre Freundschaft zu Ricky, Marc und Lilian erhalten. Jux dagegen war uneinsichtig und verstockt gewesen, sodass die Kids richtig froh waren, als sich Jux' Eltern dazu entschlossen, in eine andere Stadt zu ziehen. Niemals hätten sie geglaubt, dass sie Jux noch einmal wiedersehen würden. Und schon gar nicht auf dem Gestüt Hohenhausen, wo sie sich allem Anschein nach Gwen als neue Freundin auserkoren hatte.

„Ich fasse es nicht!" Ricky konnte sich gar nicht beruhigen. „Irgendwie ist meine ganze Freude über unsere Ferien dahin."

„Hey, ruhig Blut", beschwichtigte Marc seine Freundin und drückte sie liebevoll an sich. „Wir haben das im Griff! Glaubst du nicht, dass eher sie ein Problem damit haben wird, wenn sie uns allen gegenüber steht?"

„Das kann schon sein, aber, Leute, ich sag's euch, mir ist speiübel, wenn ich daran denke, dass Jux heute Mittag mit uns ausreitet."

Inzwischen waren Judith und Lissi herübergelaufen.

„Hallo! Ihr seid neu hier, nicht wahr?"

„Macht ihr auch Reiterferien?"

„Ja, wir sind vor nicht allzulanger Zeit hier angekommen", gab Lilian freundlich zurück und stellte ihre Freunde und sich selbst vor.

„Wir heißen Judith und Lissi. Wir sind jetzt seit etwa einer Woche hier und finden es einfach super!“

Lissi lachte verschmitzt. „Da dachten wir, wir würden inzwischen alle Pferde vom Gestüt kennen, aber was entdecken wir auf einmal hinter dem Reitplatz? Drei gnadenlos schöne Tiere, die mit Garibaldi auf der kleinen Koppel stehen! Ich muss unbedingt Gwen fragen, ob man den Rotfuchs auch mal reiten kann. Der ist echt genial!“

Marcs Herz schwoll vor Stolz an. „Äh ... also ‚Mann‘, besser gesagt ‚ich‘ kann ihn schon reiten ... Ist nämlich meiner!“

„Hä?“ Lissi schaute ihn verblüfft an.

„Ja, und der angebliche Garibaldi heißt Diabolo und gehört mir“, setzte Ricky lachend hinzu.

„Ist nicht wahr!“ Judith riss die Augen auf. „Ihr habt eure Pferde mit hierher gebracht? Wahnsinn! Gehen wir mal rüber zu denen? Die sind echt Klasse!“

„Klar!“

Einträchtig liefen alle zusammen zur Koppel hinüber und schlüpften unter den Stangen hindurch. Kaum hatte Diabolo seine Besitzerin erspäht, kam er auch schon angaloppiert und schnoberte ihr liebevoll durchs Haar, während sich Sharazan, Rashid und Holli beim Grasen nicht stören ließen.

„Na, mein Guter, alles klar?“ Ricky umarmte den muskulösen Hals ihres Rappen und suchte in ihrer Hosentasche nach einem Leckerli für ihn. „Aber nur eins, sonst wirst du zu fett!“

„Meine Güte, ist der schön! Ich dachte wirklich, dass er Garibaldi ist. Irre, diese Ähnlichkeit! Mann, Mädel, hast du ein Glück!“ Seufzend strich Judith über Diabolos zarte Nüstern. „Ich bin schon glücklich darüber, dass ich hier Reiterferien machen darf. Ein eigenes Pferd werde ich wohl nie haben“, setzte sie etwas traurig hinzu, doch gleich darauf lachte sie schon wieder fröhlich. „Kennt ihr Aida? Die ist auch voll süß! Ich werde sie heute Mittag reiten!“

Die Kids unterhielten sich noch eine ganze Weile über die Gestütspferde, dann beschlossen sie, zur Fohlenweide weiterzuziehen. Gwen hatte recht gehabt. Es gab noch so vieles zu sehen, auch einige neue Pferde, und so wurde es den Jugendlichen überhaupt nicht langweilig. Für eine Weile hatten sie sogar Jux vergessen.

Einige Zeit später räumten Ricky und ihre Freunde ihr Gepäck aus, und so verging auch die nächste Dreiviertelstunde, bis Anna zum Mittagessen rief.

Mit gemischten Gefühlen betraten sie das Esszimmer, gedanklich schon auf das Zusammentreffen mit Jux vorbereitet, doch die ließ sich nicht blicken.

Gegen ein Uhr tauchte dann auch Gwendolyn wieder auf, und gemeinsam machten sich die Kids nun auf, ihre Pferde für den Ausritt fertig zu machen.

Gerade als die Reiter ihre Pferde auf den Hof hinausführten, kam Jux auf Imola im leichten Trab zu ihnen herübergeritten.

„Hallihallo! Habt ihr mich schon vermisst? Hatte keinen Hunger, und hab dafür dem Lars beim ...“ Schlagartig verstummte ihre lebhafte Ansprache, als sie erkannte, wer da vor ihr stand, und sie wurde leichenblass. Imola warf empört ihren Kopf hoch, als das Mädchen sie vor Schreck viel zu hart durchparierte.

„Hast du dem armen Lars wieder schöne Augen gemacht und ihn von der Arbeit abgehalten?“, witzelte Lissi, während sie Mijous Sattelgurt anzog.

Lars, der junge Mann, den die Gräfin eingestellt hatte, nachdem Hugo, ihr bisheriger Kutscher, gekündigt hatte, war der Schwarm aller Gastmädchen. Anscheinend hatte er es ganz besonders auch Jux angetan, denn sie war in jeder freien Minute in seiner Nähe zu finden.

Gwen hatte sich freudig zu Jux umgedreht. „Da bist du ja endlich. Schau mal, das sind meine Freunde. Das ist ..."

„Hey, Jux!", sagte Ricky ernst, nachdem sie tief durchgeatmet hatte. „Ich hätte nicht erwartet, dich hier zu sehen."

„Wie jetzt ... Ihr kennt euch? Das ist ja Klasse!", freute sich Gwen. Doch Jux gab keine Antwort, sondern saß wie zur Salzsäule erstarrt im Sattel und fixierte Ricky wie eine Fatamorgana.

Fragend schaute Gwen zwischen den beiden hin und her. „Ist irgendwas?"

„Nein", antwortete Marc trocken. „Du siehst ja, unsere Wiedersehensfreude ist überschwänglich."

„Aha!" Gwen wechselte einen schnellen Blick mit Judith und Lissi, doch auch die beiden konnten sich nicht erklären, was da zwischen Jux und den anderen ablief. Etwas ratlos zuckten sie mit den Schultern.

Gwendolyn räusperte sich, dann wandte sie wieder sich Black Jack zu und stieg rasch auf.

„Äh ... also, wenn ich recht informiert bin, dann wollten wir eigentlich ausreiten. Wie sieht's aus? Seid ihr alle bereit?"

„Klar!", meinten Judith und Lissi fast zeitgleich.

„Natürlich", antwortete Ricky langsam, während sie Jux nicht aus den Augen ließ.

„Ich ... äh ... also, ich glaube, Imola hat vorhin ein wenig gelahmt, als ich sie aus der Box geführt habe. Vielleicht ist es besser, wenn ich nicht ...", stotterte Jux.

Gwen schaute ihre neue Freundin mit hochgezogenen Augenbrauen an. „Jux, das ist doch jetzt Quatsch! Wenn Imola gelahmt hätte, dann hättest du sie überhaupt nicht gesattelt."

Jux' Gesichtsfarbe änderte sich jetzt von schneeweiß zu knallrot.

„Es sieht so aus, als hättet ihr miteinander ein Problem, und vielleicht könnt ihr es lösen, aber wir brauchen keine Lügen! Wenn jemand keine Lust hat, mitzureiten, dann muss er natürlich auch nicht. Dazu muss er keine Lahmheit seines Pferdes erfinden", sagte Gwen streng. In diesem Augenblick hörte sie sich an wie ihre Großmutter.

Ricky und die anderen stiegen auf ihre Pferde und schauten gespannt auf Jux, die immer noch ziemlich unschlüssig war, ob sie sich diesen Ritt antun sollte.

Dann jedoch nickte sie ergeben. „Ich komm mit", sagte sie heiser, obwohl sie am liebsten davongelaufen wäre. Aber diese Blöße wollte sie sich nun doch nicht geben. Und außerdem ... wer weiß, was Ricky und die anderen Gwen alles über sie erzählen würden, wenn sie nicht mitritt.

„Na, dann los!" Gwen setzte Black Jack in Bewegung und übernahm die Tête, während Jux sich darum bemühte, mit Imola das Schlusslicht zu bilden und einen möglichst großen Abstand zu Marc und Lilian zu halten, die vor ihr ritten.

„Wo wollen wir hinreiten?", fragte Gwen mit aufgesetzter Fröhlichkeit, um das eisige Schweigen ihrer Mitreiter zu durchbrechen.

„Oh, bitte zu dieser alten Ruine, von der du uns schon im letzten Jahr erzählt hast", platzte Marc heraus, und Jux zuckte zusammen.

Was soll das heißen?, dachte sie. Waren die etwa schon öfter hier?

„Euch scheint's ja immer wieder zu diversen Gesteinen hinzuziehen", lachte Gwen. „Letztes Jahr das Felsplateau, dieses Jahr die Ruine ..."

„Erinnere mich bloß nicht an das Felsplateau“, stöhnte Ricky auf. „Das habe ich noch in ganz übelster Erinnerung.“

„Du meinst wegen Golden Stars Geburt da oben, und weil sich seine Mutter Sunshine und dein Diabolo dort in die Wolle gekriegt haben?“

„Ja, das war vielleicht ein Alptraum!“

Gwen nickte. „Stimmt genau! Aber letztlich ist ja alles gut gegangen, und Golden Star – ihr habt ja selbst gesehen, wie toll er geworden ist! Also gut, zur Ruine ... dann müssen wir da vorne links abbiegen! Es ist ein ganz schön weites Stück bis dorthin, aber schließlich ist es ja noch früh am Tag.“

Jux spürte Eifersucht in sich hochkommen. Anscheinend hatten Ricky, Gwen und die anderen hier schon ziemlich viel miteinander erlebt, was ihre Freundschaft noch verstärkt hatte. Verbissen schaute sie zwischen Imolas Ohren hindurch auf Ricky.

Genauso wie damals, als Ricky und Marc sie der Brandstiftung überführt hatten, empfand Jux auch jetzt eine ohnmächtige Wut auf das Mädchen, dem sie noch immer die Schuld dafür gab, dass die wunderschöne Freundschaft, die einmal zwischen ihnen bestanden hatte, zu Bruch gegangen war. Wie anders hätte damals alles verlaufen können, wenn Ricky Jux auch nur einmal – freiwillig – auf Diabolo hätte reiten lassen. Dann wären sie und Kathi niemals auf die Idee gekommen, nachts den Rappen und Holli zu satteln. Kein Reitstallbrand ... kein Verlust der Freundschaft. Alles hätte weiterhin so schön sein können, wenn diese blöde Ricky nicht so zickig gewesen wäre.

Jux entfuhr ein zorniges Schnauben, als sie Kathi lachen hörte. Und wie es diese dumme Kuh geschafft hat, sich wieder bei Ricky einzuschleimen und jetzt so zu tun, als wenn niemals etwas gewesen wäre, konnte sie sich bis heute nicht erklären.

Sie fühlte sich erneut ausgeschlossen, und so, wie Gwen und Ricky miteinander umgingen, war es ihr auch klar, dass sie keine Chance hatte, ihre Freundschaft mit der Enkelin der Gräfin zu vertiefen. Schon gar nicht, wenn Ricky ihr erzählen würde, was damals alles passiert war.

Mist! Und sie hatte sich schon so darauf gefreut, öfter hierher zu kommen. Hatte sich ausgemalt, dass, wenn sie viel im Stall helfen würde, die Gräfin dies bemerken und vielleicht sogar mit kostenlosen Ferien hier honorieren würde ... aber Ricky würde alles kaputt machen!

Jux hatte auch etwas Angst davor, wie die Gräfin wohl reagieren würde, wenn sie von dem Reitstallbrand erfahren würde. Ob Jux dann wohl gleich nach Hause müsste?

„He, jetzt mach doch mal wieder ein anderes Gesicht!“, sagte da Judith auf einmal, die Aida neben Imola gesetzt hatte. „So kenn ich dich ja überhaupt nicht. Macht dir dieser Ritt etwa keinen Spaß?“

Jux rollte bloß mit den Augen.

„Sehr gesprächig bist du heute wirklich nicht.“

„Dann lass mich doch einfach in Ruhe! Ich krieg mich schon wieder ein.“

„Na hoffentlich! So lustig wie bisher gefällst du mir nämlich viel besser.“

„Hey, wie wär’s mit einer etwas schnelleren Gangart? Wenn wir weiter so dahinzockeln, werden wir erst bei Dunkelheit wieder zu Hause sein“, rief Gwen und ließ Black Jack antraben. Diabolo passte sich sofort der neuen Geschwindigkeit an, noch ehe Ricky ihm dafür die Hilfen geben konnte.

Rasch verkürzte sie ein wenig die Zügel und genoss den wolkenweichen Trab ihres Pferdes. Während sie die traumhaft schöne Landschaft um sich herum wahrnahm, vergaß sie darüber völlig, dass Jux' Anwesenheit ihr fast die Lust auf diesen wunderschönen Ritt verdorben hatte.

„Ich hatte schon fast vergessen, wie herrlich es hier ist", rief sie enthusiastisch aus. Sie waren an einer größeren Obstplantage vorbei durch ein kleines Wäldchen geritten und hatten nun eine unendlich weit erscheinende Ebene erreicht, deren Horizont durch schroffe, hoch aufragende Felsformationen begrenzt war.

„Ich reite hier zwar fast täglich, aber ich muss dir recht geben. Ich bin jeden Tag aufs Neue von dieser Gegend fasziniert", stimmte Gwen ihr zu.

Ricky ging in den leichten Sitz über und strich ihrem Diabolo liebevoll über die lange Mähne, die bei jedem seiner Schritte über den Hals wippte.

Das Gesicht des Mädchens begann zu strahlen. Gab es etwas Faszinierenderes, als mit diesem herrlichen Geschöpf unter stahlblauem Himmel dahinzureiten?

„Galopp!", hörte sie gerade noch Gwens Ruf, als Diabolo auch schon in die schnellere Gangart fiel, um sich nicht von Black Jack abhängen zu lassen.

„Ho-hooo, mein Schwarzer! Nicht so schnell!", rief sie mit solch einer Glückseligkeit in ihrer Stimme aus, dass Jux die Galle bis zum Hals hinaufstieg. Mit finsterer Miene hielt sie Imola zurück und achtete darauf, keinen ihrer ehemaligen Freunde zu überholen.

Ricky fühlte den Wind in ihrem Gesicht, die Sonnenstrahlen auf ihrer Haut und die geballte Kraft ihres Pferdes unter dem Sattel ... ein Gefühl, das sie fast schwindelig machte. Mit niemandem auf der Welt hätte sie ihr Leben tauschen mögen, ihr Leben mit dem liebsten Pferd der Welt. Mittlerweile konnte sie es sich gar nicht mehr vorstellen, wie es einmal ohne Diabolo gewesen war.

Mein Gott, wie ich dich liebe!, sagte sie in Gedanken zu ihrem Rappen, dann lockerte sie die Zügel und gab sich der schwindelerregenden Geschwindigkeit hin, mit der Diabolo nun voranpreschte.

„Der war sowas von irre, dieser Galopp!", rief sie schwer atmend ein paar Minuten später aus, als die Kids ihre Pferde an einem schmalen Weg durchpariert hatten. „Kann es überhaupt etwas Schöneres geben?"

Marc grinste breit.

„Was du wieder denkst!", wurde er gleich darauf lachend von Lilian ausgeschimpft.

„Was denke ich denn?", fragte er scheinheilig zurück.

„Ja, was weiß ich ... vielleicht an den Mohnstollen von Anna, so verfressen, wie du bist", gab das Mädchen zurück, und Rickys Freund machte eine abwägende Handbewegung.

„Hmm ... da ist was dran, aber ehrlich gesagt, ich würde Sharazan gegen keinen Kuchen der Welt eintauschen."

„Jetzt ist's nicht mehr weit", meinte Gwen und deutete nach vorne. „Seht ihr den kleinen Hügel dort? Wir müssen ihn zur Hälfte umrunden, dann geht's ein Stückchen aufwärts und schon sind wir da!"

„Klasse! Und das war wirklich einmal eine Burg? Also ich meine, so eine richtige, mit allem Drum und Dran?", fragte Lissi gespannt.

„Ja! Wenn man genau hinsieht, kann man sogar noch erkennen, wo einst der Burggraben verlief."

„Uhuuuu ... und gewiss gab es dort auch ein Verlies", meinte Marc mit Grabesstimme.

„Mit Sicherheit! Dort haben nämlich die Ritter der traurigen Gestalt Mohnstollendiebe angekettet und sie kläglich verhungern lassen", meinte Ricky.

„Wie gemein!"

Lachend ritten die Freunde weiter, und irgendwie schien sie die Anwesenheit von Jux fast nicht mehr zu stören. Das Mädchen war plötzlich wie eine Fremde, die nicht zu ihrer Reitergruppe gehörte, und solange sie sich ruhig verhielt, würden auch sie nicht in der alten Geschichte herumrühren. Schließlich wollten sie schöne Ferien verbringen und waren nicht hierher gekommen, um Unfrieden zu stiften. Dennoch konnte Ricky nicht dagegen an, ab und zu einen verstohlenen Blick über ihre Schulter zurück auf das Mädchen zu werfen, dessen hasserfüllten Blick sie förmlich im Nacken spüren konnte.

Es machte Ricky traurig, dass Jux es nach dieser langen Zeit noch immer nicht geschafft hatte, sich innerlich mit ihren früheren Freunden auszusöhnen. Andererseits würde auch sie natürlich niemals vergessen, in welche Gefahr Jux ihren geliebten Diabolo gebracht hatte.

Oft schon hatte sie in sich hineingehorcht und sich gefragt, ob sie Jux immer noch böse wäre. Sie war zu dem Schluss gekommen, dass sie ihr zwar verziehen hätte, aber niemals würde sie vergessen, was geschehen war. So hatte sie für sich beschlossen, das Thema Jux für sich selbst einfach abzuhaken, was ihr auch recht gut gelungen war – bis heute ...

Kapitel 2

„Boah, das sieht vielleicht genial aus! Da kommt man sich ja vor wie im Mittelalter“, begann Marc zu schwärmen, als die Überreste der alten Burg vor ihnen auftauchten.

„Jetzt sind wir bei unseren letzten beiden Besuchen auf Hohenhausen so oft ausgeritten, aber diese Ruine haben wir noch nicht mal von Weitem zu sehen bekommen“, meinte Ricky. „Mensch, Gwen, da hast du uns ja wirklich etwas vorenthalten!“

Black Jacks Reiterin grinste. „Ihr könnt nicht sagen, dass ich euch nicht schon beim letzten Mal den Vorschlag gemacht hätte, dorthin zu reiten. Aber davon einmal abgesehen, solange es immer noch etwas Neues gibt, wird's euch nicht langweilig, und ich habe die Chance, dass ihr noch oft wiederkommt.“

„Stimmt! Aber ich finde, es wird auch mal Zeit, dass du uns besuchst.“ Kathi erntete große Zustimmung von ihren Freunden, nur Jux' Gesicht wurde immer noch missmutiger.

„Angeberin!“, murmelte sie undeutlich vor sich hin, als Lilian Gwen voll Stolz von dem gemeinsamen Stall der Freunde und von der Gegend um den traumhaften Espensee erzählte.

„Was hast du gerade gesagt?“, fragte Judith unbefangen und schaute gespannt zu Jux herüber.

„Nichts!“, grollte das Mädchen zurück.

Judith atmete tief durch. „Möchtest du darüber reden? Anscheinend hast du wirklich ein Problem mit denen da vorne.“

„Geht's dich was an?“

„Nein, eigentlich nicht. Ich fand Ricky und die anderen ehrlich gesagt auf den ersten Blick hin ganz nett. Aber jetzt tun sie irgendwie so, als wärst du gar nicht da, obwohl sie dich kennen, und das finde ich bescheuert!“

Jux schielte zu Judith hinüber. „Vielleicht erzähle ich es dir irgendwann einmal“, gab sie jetzt bereitwillig zurück, denn im Grunde genommen war sie froh, dass ihr wenigstens Judith wohlgesonnen war. Im Augenblick fühlte sie sich alles andere als gut in ihrer Haut und wünschte sich, dass der Ausritt bald vorüber wäre.

Gerade erzählte Gwen von den Ritterspielen, die alle zwei Jahre an diesem Ort ausgetragen wurden.

„Ihr macht euch kein Bild, was da dann los ist! Irrsinnig viele Reiter aus der ganzen Umgebung finden sich hier ein, um auf ihren Pferden altertümliche Wettbewerbe zu bestreiten. Feuerschlucker und Jongleure füllen die Pausen zwischen den Spielen. Die sehen in ihren alten Gewändern echt urig aus!“

Fasziniert hörten die Kids Gwens Ausführungen zu.

„Das muss super sein. So etwas würde ich auch gerne einmal sehen“, meinte Ricky versonnen.

„Der Höhepunkt des ganzen Spektakels liegt jedoch in einer riesigen Feuershow, die abends gezeigt wird, wenn's dunkel ist. Ein lang andauerndes Feuerwerk, wobei vom oberen, noch begehbaren Bereich der Ruine aus die golden glänzenden Funkenkaskaden gezündet werden. Es sieht dann aus, als würde ein riesiger glänzender Wasserfall die Ruinenmauern hinunterfließen. Einfach traumhaft!“ Gwens Augen bekamen einen verklärten Ausdruck. Sie freute sich schon jetzt darauf. „Ihr müsst unbedingt mal zu Besuch kommen, wenn die Ritterspiele wieder angekündigt werden!“

Lilian nickte. „Wenn's passt, lassen wir uns das mit Sicherheit nicht entgehen!"

Vor ihrem inneren Auge stellte Ricky sich vor, mit Diabolo ebenfalls an den Ritterspielen teilzunehmen, doch während sie noch so vor sich hin träumte, ließ Gwen einen sorgenvollen Blick zum Himmel schweifen.

„Ich glaube, wir müssen die Begehung der Ruine auf einen anderen Tag verschieben", meinte sie verdrossen. „Sieht so aus, als ob sich da oben ganz gewaltig was zusammenbraut. Wir sollten uns rasch auf den Rückweg machen!"

„Ach komm, Gwen, sei kein Frosch! Jetzt sind wir schon mal hier. Das Wetter hält bestimmt noch eine Weile", versuchte Lissi das Mädchen zu überreden, doch nach einem kurzen Moment des Nachdenkens schüttelte die Enkelin der Gräfin entschieden den Kopf.

„Das geht hier unwahrscheinlich schnell, wenn ein Unwetter aufzieht. Wir reiten zurück!"

Schweren Herzens fügten sich die Reiter dem Entschluss ihrer Tête-Reiterin, lediglich Jux atmete innerlich auf. Ihre geheimen Gebete waren wohl erhört worden.

„Das war aber knapp!", stieß Marc hervor und schüttelte sich das Regenwasser aus den Haaren, während er Sharazan hinter den anderen Pferden in den Stallgang zog.

Erst als die Kids den Hof erreicht hatten, hatte der Himmel seine Schleusen geöffnet, und nun schüttete es wie aus Eimern.

„Na, da habt ihr es aber gerade noch rechtzeitig geschafft", grinste Lars, der eben aus der Futterkammer heraustrat.

„Und du hast das natürlich wieder einmal erahnt, nicht wahr?", lachte Gwen zurück. „Wolltest du heute nicht Mescalito und Saladin einspannen?"

Der Kutscher nickte. „Das werde ich auch noch tun. Ich schätze, dass der Guss nicht lange anhalten wird.“ Dann wandte er sich mit einem gewinnenden Lächeln den neuen Gästen zu. „Du musst Ricky sein! Gwen hat schon so viel von dir erzählt.“ Er streckte Lilian die Hand entgegen, während er ihr tief in die Augen blickte.

„Nee, ich bin Lilian, aber es ist trotzdem schön, dich kennenzulernen“, grinste sie und musste innerlich lachen, als sie bemerkte, dass Lars ihre Hand länger festhielt, als es nötig gewesen wäre.

Und noch jemand bemerkte das ...

Mit zusammengekniffenen Augen starrte Jux feindselig auf Lilian. Es war unübersehbar, dass Lars von ihrer ehemaligen Freundin mehr als nur angetan war.

Rasch zog sie Imola ein Stückchen von den anderen weg, hantierte am Sattel herum und rief dann: „Lars, könntest du mir bitte mal helfen? Ich bringe den Sattelgurt nicht auf! Das Leder ist vom Regen so glitschig geworden ...“

„Klar!“ Der junge Mann riss sich von Lilians Anblick los und kam zu Jux herüber. „Immer diese schwachen, kleinen Mädchen“, lachte er, wobei Jux puterrot im Gesicht wurde.

Kleine Mädchen!, dachte sie wütend. Ich bin kein kleines Mädchen mehr!

„Vielen Dank“, säuselte sie und bat Lars, sie in den Stall zu begleiten „Du wolltest mir doch noch das Fahrgeschirr zeigen, das ich einfetten soll.“

„Das hat Zeit.“

„Nee, eigentlich nicht. Ich möchte das nachher gleich machen“, drängte Jux. Eigentlich spürte sie gar keine Lust darauf, stundenlang die Lederriemen zu bearbeiten, aber sie hoffte, damit die Aufmerksamkeit und das Wohlwollen des jungen Mannes zu erlangen.

„Also gut, dann lass uns gehen, wenn du unbedingt scharf

auf eine Dusche bist!“ Lars warf einen kurzen Blick aus dem Stallgang zum Himmel hinauf und sprintete los, um nicht mehr Regen abzubekommen, als es notwendig war. Jux lief fluchend mit Imola etwas langsamer hinter ihm her.

„Gott sei Dank ist sie weg!“, flüsterte Kathi Ricky zu.

Während die Kids nun ihre Pferde absattelten und versorgten, meinte Lilian: „Dieser Lars ist echt ein netter Typ. Voll sympathisch!“

„Oh ja, das ist er! Hugo war immer mal wieder ein bisschen knatschig drauf, aber den Lars habe ich noch niemals mit schlechter Laune erlebt“, erzählte Gwen. „Wenn ihr euch mit ihm gut stellt, dann nimmt er euch sicherlich mal auf eine Kutschfahrt mit. Er fährt gerade Saladin im Zweispänner ein.“

„Also ich weiß nicht, ich fühle mich auf dem Pferderücken wohler als in einer Kutsche. Da kann man notfalls auch mal abspringen, wenn's brenzlig wird“, überlegte Kathi. Ricky und Marc stimmten ihr spontan zu. Lilian, Lissi und Judith hingegen waren Feuer und Flamme, einmal mit Lars mitzufahren.

„Das könnt ihr ja später noch mit ihm besprechen. Wenn ihr soweit fertig seid, würde ich sagen, dass wir erst mal rüber ins Haus gehen und uns trockene Klamotten anziehen. Dann überlegen wir, was wir mit dem heutigen Tag noch so alles anfangen werden“, schlug Gwen vor, und schon ein paar Minuten später hörte man im Haupthaus die Duschen plätschern.

Gwen saß ihrer Großmutter im Büro gegenüber.

„Ricky und ihre Freunde kennen Jux von früher her“, erzählte das Mädchen gerade. „Aber anscheinend mögen sie sich nicht sonderlich. Keine Ahnung, warum, aber sie schienen alle nicht sonderlich erfreut zu sein, sich zu sehen.“

Gräfin von Hohenhausen schaute nur kurz von ihren Unterlagen auf. „Wenn sie hier Urlaub machen möchten, dann sollten sie sich darum bemühen, miteinander auszukommen. Du weißt, ich wünsche keine Streitereien hier auf dem Gestüt, weder unter den Angestellten, noch unter den Gästen.“

„Ja, Omilein, ich weiß. Es hat ja auch keine Streiterei gegeben. Ich wollte dir das bloß so erzählen.“

Die Gräfin nickte. „Dann ist ja gut. Ich habe schließlich auch so schon genug um die Ohren, als dass ich auch noch Streitschlichter für pubertäre Jugendliche spielen möchte!“

Gwen verzog ihr Gesicht. Es sah so aus, als ob sie ihre Großmutter im falschen Augenblick erwischt hatte.

„Ich geh dann mal lieber“, meinte sie, schälte sich etwas umständlich aus dem Besuchersessel heraus und suchte dann schnell das Weite. Sie nahm sich vor, sowohl mit Ricky als auch mit Jux zu sprechen, um vielleicht zu erreichen, dass die Fronten sich klären und die Kids in Zukunft wieder gut miteinander auskommen würden. Wäre doch gelacht, wenn sie das nicht auf die Reihe bringen würde ...

Nach etwa drei Tagen gab Gwen ihr Vorhaben auf. Noch immer herrschte eisiges Schweigen zwischen den Jugendlichen, und auch der Versuch mit ihnen über die Situation zu reden, verlief im Sand. Weder Ricky und die anderen noch Jux waren bereit, über die Vergangenheit zu reden. Die Gefahr, dass die Situation durch ein Gespräch erst eskalieren würde, war zu groß, und keiner hatte Lust darauf, dass die Gräfin sie deswegen womöglich nach Hause schicken würde. So versuchten die ehemaligen Freunde, sich weitgehend aus dem Weg zu gehen, und in der Zeit, die sie gezwungenermaßen miteinander verbringen mussten, ignorierten sie sich in vollendeter Form.

Eine ganze Weile lang schienen sie sich auf diese Art und Weise ganz gut arrangiert zu haben.

Ricky, Marc, Lilian und Kathi waren viel mit Gwen und Lissi im Gelände unterwegs, während Jux die Ausritte bevorzugte, die von Marius geführt wurden. Judith ritt mal bei der einen Gruppe mit, dann wiederum bei der anderen, aber es war kaum zu übersehen, dass sie mehr mit Jux sympathisierte.

In der Zeit, wo sie nicht ritten, war Ricky häufig bei Golden Star zu finden, der für sie natürlich nach wie vor etwas ganz Besonderes war. Jux hingegen hing an Lars' Rockzipfel wie eine Klette. Fast schon wurde es dem jungen Mann zuviel, wenn das Mädchen immer dort auftauchte, wo er sich seiner Arbeit widmete.

Marius und Kuno, seine Arbeitskollegen, zogen ihn deswegen schon auf.

„Na, wo ist heute denn deine glühende Verehrerin abgeblieben?", fragte Kuno zwinkernd, während er Golden Star die Longiertrense überzog.

„Welche meinst du denn?", versuchte sich Lars mit einer Gegenfrage zu retten, aber Kuno ließ nicht locker.

„Das blonde Hühnchen, das dir immer hinterherrennt."

Lars stöhnte auf. „Erinnere mich bloß nicht an das Mädel! Sie beobachtet mich mit Argusaugen! Kann dir gar nicht sagen, wie froh ich darüber sein werde, wenn sie wieder nach Hause fährt!"

„Na, na, na ... Gib's doch wenigstens zu, dass es dir gefällt, wenn die jungen Dinger dir hinterherlaufen."

„Mann, sie ist vierzehn! Und sie nervt! Da finde ich diese Lilian schon netter. Die bringt auch nicht so eine Unruhe zwischen die Pferde."

Kuno lachte und führte Golden Star aus seiner Box. „Hast du Ricky eigentlich gesehen?"

„Nee. Was willst du denn von ihr?"

„Die Gräfin hat gesagt, wenn sie möchte, darf sie unseren jungen Mann hier longieren."

Lars grinste. „Da wird sie sich aber freuen! Ich schicke sie zu dir, wenn ich sie treffe." Mit diesen Worten gingen die beiden in verschiedene Richtungen davon und bemerkten nicht, dass Jux, die gerade aus der Sattelkammer treten wollte, unfreiwillige Zeugin ihrer Unterhaltung geworden war. Mit Tränen in den Augen starrte sie nun auf die Stalltür, durch die Lars verschwunden war.

„Sie nervt", „Lilian finde ich netter" und „Ricky darf longieren" hämmerte ununterbrochen in ihren Gedanken.

„Immer Lilian ... Ricky ... Lilian ... Ricky!", presste sie enttäuscht und wütend hervor. „Ich hasse sie! Immer machen sie alles kaputt!"

Ricky konnte ihr Glück kaum fassen, als sie etwa eine Viertelstunde später im Longierzirkel stand und Golden Star im Kreis um sie herum trabte. Kuno stand zwar hinter ihr, ließ ihr jedoch freie Hand bei den Kommandos.

„Halte die Peitsche ein wenig tiefer und etwas weiter weg. Golden Star läuft schwungvoller, wenn du ihm das Ding nicht zu nahe bringst. Verkürze die Longe um etwa einen halben Meter!"

„Okay!" Ricky bemühte sich, Kunos Anweisungen zu folgen, doch während sie die Leine einholte, machte sie eine unbedachte Bewegung mit der langen Peitsche, woraufhin Golden Star sofort seinen Kopf in die Höhe warf und wild losgaloppierte.

„Hoo-hooo, mein Guter! Laaaaangsam!", rief das Mädchen erschrocken aus, während ihr der aufgerollte Teil der Longe entglitt und sie sich mit den Beinen darin verhedderte. Unvermittelt kam sie ins Stolpern.

Kuno sprang dazu und griff nach der Leine, während Ricky sich bemühte, ihr Gleichgewicht wiederzuerlangen.

„Scheerittt, Golden Star!“ Mit fester Stimme gab der junge Mann sein Kommando, und augenblicklich reagierte der Hengst. Fügsam verringerte er sein Tempo, sodass er sich bereits nach einer weiteren Runde in der gewünschten Gangart befand.

„Alles okay?“, fragte Kuno, und Ricky nickte mit hochrotem Kopf.

„Bei mir schon. Tut mir leid!“, sagte sie zerknirscht und war froh, dass die Gräfin diese Einlage nicht gesehen hatte.

„Nicht so schlimm, ist ja nichts passiert“, lächelte Kuno. Mit einer Kopfbewegung deutete er auf das Pferd. „Tja, der Kleine hat schon immens viel Kraft. Der zieht einem glatt die Füße weg.“

„Klein ist gut. Der ist riesig für sein Alter!“ Ricky schaute nun fasziniert den geschmeidigen Bewegungen des Tieres zu, während es auf dem Zirkel trabte.

„Und? Hast du genug, oder übernimmst du ihn wieder?“ Kuno ließ Golden Star nicht aus den Augen.

„Immer doch!“, freute sich Ricky, und als sie erneut die Longe übernahm, sah sie aus den Augenwinkeln heraus Marc, Kathi und Lissi mit Gwen über den Hof laufen. Sie war jetzt jedoch viel zu konzentriert, als dass sie sich darüber hätte Gedanken machen können, wieso Lilian nicht dabei war.

„Sicher kannst du mitfahren“, meinte Lars freundlich, als Lilian ihn gefragt hatte, ob sie ihn auf seiner Kutschfahrt mit Mescalito und Saladin begleiten dürfe. „Aber es wäre besser, wenn du es vorher mit der Gräfin abklärst. Sie mag es normalerweise nicht, wenn ich Gestütsgäste einfach so auf meine Tour mitnehme“, setzte er hinzu.

Lilian machte große Augen. „Wieso das denn?“, fragte sie erstaunt.

Lars seufzte ein wenig. „Sie ist halt für alles und jeden verantwortlich und möchte kein Risiko eingehen, dass ihren Gästen womöglich etwas passiert“, erklärte er.

„Was soll denn bei einer Kutschfahrt schon groß passieren?“ Lilian verzog etwas das Gesicht.

„Nun, du könntest ja vom Bock herunterfallen“, grinste Lars und zwinkerte ihr zu.

„Ja, sonst noch was?“ Lilian prustete laut heraus. „Und selbst wenn’s so wäre, könnte dieser Sturz auch nicht schlimmer sein, als wenn ich aus Hollis Sattel kippe. Ach komm, Lars, bitte lass mich mitfahren, ja?“

Der junge Mann rang einen Augenblick mit seiner Entscheidung, dann nickte er ihr zu. „Also gut!“

„Yeah!“, stieß Lilian freudig aus und strahlte über das ganze Gesicht.

„Okay, dann komm mal mit! Wenn du unbedingt mitfahren möchtest, dann kannst du auch gleich lernen, wie man die Pferde anschirrt. Geputzt habe ich sie vorhin schon.“

Lilian nickte begeistert. „Ich komme sofort nach! Zieh mir nur noch schnell was anderes an, ja?“

„Gut“, antwortete Lars und schaute ihr wohlwollend hinterher, während sie aus dem Stall stürmte.

Rasch rannte Lilian zum Haupthaus hinüber und hinauf in das Zimmer, das sie sich mit Ricky teilte. Eilig zog sie ein paar Jeans aus dem Schrank und schlüpfte in ihre bequemen Turnschuhe.

Gerade als sie wieder auf den Gang hinaustreten wollte, hörte sie ihr Handy klingeln.

„Ja?“, meldete sie sich etwas außer Atem. „Hey, Mama ... ja, sorry, dass ich mich noch nicht gemeldet habe ... Wie? ... Ja, hier ist alles klar! Super Wetter, und ... du, ich habe im

Augenblick überhaupt keine Zeit.“ Sie lachte. „Ich darf eine Kutschfahrt mitmachen, und Lars, also der Kutscher, wartet schon auf mich ... Oh ja, vielen Dank! Bin mir sicher, dass ich dabei Spaß haben werde. Ich ruf dich zurück, wenn wir wieder zu Hause sind, ja? ... Okay, dann bis später und Grüße an Paps und an Rainer, falls ihr ihn seht!“

In Windeseile warf Lilian ihr Handy aufs Bett und lief behände die Treppe hinunter. Sie dachte an ihren Freund Rainer und bedauerte es sehr, dass er jetzt nicht hier sein konnte.

„Hey hey ... immer langsam mit den jungen Pferden!“, rief die Gräfin aus, als Lilian in der Haustür fast mit ihr zusammenstieß. „Es brennt hoffentlich nirgends, oder?“

Lilian lächelte. „Nein, zum Glück nicht. Tut mir leid, dass ich Sie fast umgerannt habe!“

„Und? Was hast du Schönes vor, wenn's so pressiert?“

„Ich darf mit zum Kutschefa... ups“, rutschte es dem Mädchen in seinem Überschwang heraus. In der gleichen Sekunde wurde es feuerrot.

Die Gräfin runzelte die Stirn. „So?“

Lilian schluckte und reagierte geistesgegenwärtig. „Ich ... ich wollte gerade zu Ihnen, um Sie zu fragen, ob ich darf!“, flunkerte sie, während sie hinter ihrem Rücken die Finger überkreuzte. „Lars hat gesagt, ich darf nur mit, wenn Sie es erlauben.“

Die Gesichtszüge der Gräfin entspannten sich augenblicklich wieder. „Ich dachte schon ...“

Lilian unterbrach sie schnell. „Ach bitte, Frau Gräfin, ich bin noch niemals Kutsche gefahren, und so eine Gelegenheit gibt's bestimmt so schnell nicht wieder! Äh ... meine Eltern haben auch nichts dagegen! Meine Mutter hat mich vorhin auf dem Handy angerufen und mir viel Spaß gewünscht.“

„Also somit schon beschlossene Sache, oder?“ Eleonore von Hohenhausen musste schmunzeln.

„Hmm, wenn’s nach mir ginge ... schon.“

„Na schön, meinetwegen.“

„Klasse!“, rief Lilian aus. „Vielen Dank!“, und schon war sie aus der Tür.

Judith kam in die Sattelkammer gerannt, wo Jux gerade Imolas Putzzeug in der entsprechenden Box verstaute.

„Hast du’s schon mitgekriegt?“, stieß sie atemlos hervor.

„Was?“, fragte Jux gelangweilt zurück.

„Diese Lilian geht jetzt mit Lars auf große Fahrt!“

Jux stockte in ihren Bewegungen und sah auf. „Wie auf große Fahrt?“

„Mit der Kutsche! Wie sonst?“

„Na toll! Und mir hat er gesagt, dass die Gräfin was dagegen hat, wenn Gäste mitfahren. Echt Klasse!“ Aufgebracht knallte sie den Deckel der Putzbox zu und gab ihr einen Tritt. Die Vorstellung darüber, dass Lilian mit Lars, in den sich Jux verschossen hatte, eine romantische Kutschfahrt durch die traumhafte Umgebung des Hohenhausener Gestüts machte, ließ wieder Wut in ihr aufsteigen.

„Wir ... wir könnten ja fragen, ob er uns auch mitfahren lässt“, meinte Judith nach kurzem Zögern. „Ich meine, wenn er Lilian mitnimmt, dann ...“

„Sonst noch was?“ Als ob Jux scharf darauf gewesen wäre, ausgerechnet in Lilians Begleitung eine Fahrt mit Lars mitzumachen ... Niemals!

Gwen teilte den Freunden mit, dass sie alle zusammen in etwa einer Stunde zum Biohof hinüberreiten würden. Die Gräfin hatte darauf bestanden, dass Jux dieses Mal mit von der Partie sein sollte.

„Es geht nicht an, dass sich meine Gäste sozusagen in zwei Gruppen spalten, und einer dem anderen aus dem Weg geht!“, hatte Eleonore gesagt. „Ich möchte, dass sich hier alle vertragen! Ihr werdet also zusammen ausreiten! Auf dem Rückweg kannst du deinen Freunden dann sagen, dass wir heute Abend grillen werden.“

Gwen hatte die Gräfin angestrahlt. „Grillen? Super!“

„Anna ist schon bei den Vorbereitungen und legt Steaks ein. Wenn ihr zurück seid, könnt ihr noch bei den Salaten helfen.“

„Wenn ihr mir endlich einmal erzählen würdet, warum ihr mit Jux so auf Kriegsfuß steht, dann könnte ich vielleicht verstehen, warum ihr euch so partout aus dem Weg geht“, sagte Gwen. Aber wenn meine Großmutter sagt, dass wir zusammen reiten sollen, dann ist das sozusagen ein Machtwort, an dem es nichts zu rütteln gibt.“

„Egal! Irgendwie werden wir das schon überstehen“, meinte Marc und schaute zurück zu dem Longierzirkel, wo seine Freundin immer noch mit Golden Star beschäftigt war.

„Ricky wird begeistert sein“, raunte er leise, und Kathi nickte etwas betreten.

„Lilian hat's schön! Sie bleibt wenigstens beim Reiten von Jux' Anwesenheit verschont.“

Zusammen betraten die Kids einen der Stutenställe.

„Jux? Bist du hier?“, rief Gwen und steuerte auf Imolas Box zu, doch das Mädchen war nicht bei ihrem Lieblingspferd zu finden.

„Sag ihr, ich bin nicht da!“, wisperte Jux Judith zu und schob sie in Richtung der Sattelkammertür, doch das fand Judith nun auch wieder blöd.

„Jetzt stell dich doch nicht so an!“, meinte sie. „Du wirst dir doch nicht die letzte Woche deines Aufenthalts versauen lassen, nur weil ...“

„Ach hier steckst du!“ Gwen schaute herein. „Ich soll dir von Omi ausrichten, dass wir alle zusammen in einer Stunde einen Ausritt machen.“

„Ich reite nicht mit.“

„Du sollst aber! Sie möchte, dass ihr euch endlich vertragt!“

„Keiner kann mich zu einem Ausritt zwingen“, sagte Jux herausfordernd. „Nicht einmal die Gräfin.“

Gwen seufzte auf. „Jetzt stell dich doch nicht so an!“

„Ich stell mich nicht an! Aber ...“

Marc trat neben Gwen in die Tür. „Hör zu, Jux, es ist zwar total mistig, was damals gelaufen ist, und uns wäre es auch lieber, wenn wir hier nicht zusammengetroffen wären, aber nun ist es mal so. Wenn auch keine große Freundschaft mehr unter uns herrscht, sollten wir dennoch zumindest mal versuchen, miteinander auszukommen. Findest du nicht?“

Kathi schaute verblüfft auf Rickys Freund. Was war denn mit dem auf einmal los? Hatte er nicht noch heute Morgen davon gesprochen, Jux so gut es ging aus dem Weg zu gehen? Und jetzt machte er einen auf „großen Vermittler“!

Auch Jux war ziemlich perplex, und Gwen nutzte die Situation, um gleich Nägel mit Köpfen zu machen.

„Wir treffen uns also um zwei Uhr. Bis später dann!“, sagte sie, wandte sich um und ließ Jux gar keine Zeit dazu, weiterzudiskutieren. Kathi und Marc folgten ihr, während Lissi bei den beiden anderen zurückblieb.

„Ich finde es super, dass du das gesagt hast“, freute sich Gwen, doch Marc verzog ein wenig säuerlich das Gesicht.

„Das wird sich noch zeigen“, meinte er, und Kathi atmete tief durch. Sie war absolut der gleichen Meinung.

„Kommt, wir schauen mal zu Lars und Lilian rüber! Vielleicht können wir noch was helfen.“ Gwen fiel in einen Laufschritt, und ein wenig außer Atem kamen die Freunde gerade noch rechtzeitig, um die beiden Kutschfahrer zu verabschieden.

„Wo geht's hin?"

„Weiß noch nicht genau", gab Lars zurück, während Lilian sich neben ihm auf den Kutschbock setzte. „Ich denke, wir werden Richtung Mühlbauer-Hof fahren, dann zur alten Mühle und wieder zurück. Das ist eine schöne, übersichtliche Strecke, wo einem kaum ein Mensch begegnet. Genau das Richtige für Saladin, um ihn einzufahren. Da gibt's nichts, was ihn erschrecken könnte."

„Alles klar!" Gwen winkte ihm zu. „Dann bis später. Wir gehen nachher reiten. Viel Spaß!"

„Euch auch", gab Lilian mit strahlendem Gesicht zurück, und während Mescalito und Saladin mit flottem Schritt die Kutsche anzogen, lehnte sie sich genussvoll zurück. Sie würde diese Fahrt genießen.

Kapitel 3

„Mann, der Junge hat mich geschafft!“, rief Ricky aus, als sie völlig verschwitzt die Küche betrat und sich auf einen der Stühle fallen ließ. „Gwen, ich brauche unbedingt etwas zu trinken!“

„Welcher Junge denn? Etwa Kuno?“, fragte Marc und zwinkerte dem Mädchen zu. „Gibt es da vielleicht etwas, was ich wissen müsste?“

„Dummi! Golden Star meine ich natürlich! Der hat mich drei Mal quer durch den Longierzirkel gezogen, sodass mir Hören und Sehen vergangen ist.“

Gwen reichte ihr ein Glas Sprudel, das Ricky sogleich gierig austrank.

„Aahhh ... Gwen, du hast mir eben das Leben gerettet. Wo ist eigentlich Lili?“

„Mit Lars und der Kutsche unterwegs“, antwortete Kathi.

Ricky grinste. „Hat sie es also geschafft, dass er sie mitnimmt?“

Judith, die ebenfalls mit am Tisch saß, schaute sie ein bisschen von oben herab an. „Sieht so aus. Aber eigentlich finde ich das ein bisschen unfair.“

„Wieso das denn?“

„Weil Lars eure Freundin Jux nicht mitgenommen hat, als sie ihn gefragt hat.“

„Jux ist nicht unsere Freundin! Zumindest nicht mehr.“

„Das wundert mich irgendwie nicht“, brummelte Judith undeutlich.

„Was soll das heißen?“ Rickys Augen begannen zu blitzen. „Hast du überhaupt eine Ahnung, was zwischen uns passiert ist?“

„Nein“, gab Judith zu. „Aber ich kann’s mir schon fast denken.“

„Einen Schrott kannst du!“ Ricky knallte ihr Glas auf den Tisch.

Judith wollte noch etwas sagen, doch Gwen ging dazwischen.

„Meine Güte, Judith, jetzt fang du nicht auch noch an, und überhaupt ... Könnt ihr alle nicht endlich mit diesem ganzen Mist aufhören? Das geht einem ja furchtbar auf den Keks!“

„Ich habe nicht damit angefangen“, gab Ricky fast beleidigt zurück.

„Und ich hab nichts gesagt“, behauptete Judith.

„Aha! Und ich glaube, es ist besser, wenn du auch weiterhin nichts sagst.“ Gwen schaute das Mädchen mit ernstem Blick an. „Ich möchte nichts mehr von diesen Querelen hören! Weder heute, noch sonst irgendwann! Klar?“

Betreten schauten sich die Kids an.

„Sogar meiner Großmutter ist es schon aufgefallen, wie ihr euch aufführt. Das ist doch wirklich kindisch!“

Ricky senkte ihren Blick. „Du hast recht. Es tut mir leid!“

Judith rang noch mit sich, doch dann nickte sie Gwen zu. „Mir auch!“

Die Enkelin der Gräfin atmete auf. „Na wunderbar! Dann können wir ja endlich die Pferde satteln, oder?“

„Immer!“ Jetzt strahlte Ricky schon wieder. Allein die Vorstellung, mit Diabolo über die weiten Wiesen zu galoppieren, versetzte sie in Hochstimmung, und augenblicklich hatte sie den Wortwechsel mit Judith vergessen.

„Dann mal los!“ Gwen stand auf und ging raus.

„Jux reitet mit“, wisperte Kathi Ricky zu.

„Das ist mir völlig wurscht!“, gab das Mädchen leise zurück. Auch wenn es ihr alles andere als egal war, hatte sie keine Lust, sich diesen so schön begonnenen Tag und vor allem auch den bevorstehenden Ritt vermiesen zu lassen. Und so setzte sie ein neutrales Gesicht auf, als die Kids eine halbe Stunde später ihre Pferde auf den Hof hinausführten und in den Sattel stiegen.

Jux bemühte sich so gut wie möglich über sie hinwegzusehen, und Gwen versuchte mit ihrer Fröhlichkeit die angespannte Situation ein wenig zu entschärfen.

„Wir reiten zum Biohof“, verkündete sie und setzte ein breites Grinsen auf. „Und wenn ihr alle schön brav seid, dann habe ich auf dem Rückweg noch eine Überraschung für euch.“

„Überraschung klingt gut“, meinte Marc.

„Ja, nicht wahr? Vor allem, wenn sie mit einer gewissen Form von Arbeit verbunden ist!“

„Wie jetzt?“ Lissi schaute etwas verdattert drein, doch Gwen ließ sich nicht dazu überreden, jetzt schon etwas preiszugeben. Allerdings war sie davon überzeugt, dass ihre Freunde einen Riesenspaß an diesem Grillfest haben würden, denn Marius und Kuno waren die schlichtweg besten Alleinunterhalter, die Gwen je kennengelernt hatte. Und gute Laune war schließlich die beste Basis, um Unstimmigkeiten aus dem Weg zu räumen.

Lilian genoss die Fahrt auf dem Kutschbock unendlich. Immer wieder schloss sie die Augen und träumte vor sich hin, während ihr der Wind die Haare zerzauste und sie von dem gleichmäßigen Getrappel der Hufe eingelullt wurde.

„Das ist einfach nur herrlich“, murmelte sie vor sich hin.

„Du hast’s vielleicht gut“, meinte Lars und schaute sie lächelnd an. „Manchmal möchte ich auch einfach nur auf der Kutsche sitzen und an nichts mehr denken, aber leider kommt man nur als Beifahrer in den Genuss."

Lilian schaute auf und dehnte sich wohlig. „Kutschieren ist doch sicherlich schwierig, oder? Ich glaube, ich würde schon beim Anschirren alles durcheinanderbringen."

Lars lachte. „Alles halb so wild. Es ist ..." Er stockte, als Saladin urplötzlich aus dem rhythmischen Trab heraus in einen Galopp fiel.

„Hoo-hooo! Saladin, brrrr ... Ruhig, mein Junge! Hier ist nichts, was dich aufregen könnte."

„Er ist wohl noch ziemlich jung, oder?", wollte Lilian wissen.

„Saladin? Er ist jetzt genau im richtigen Alter, um den Ernst des Lebens zu lernen", gab Lars zurück, dann konzentrierte er sich wieder ganz auf die Pferde.

Mescalito hatte die Ruhe weg und war schon seit Jahren ein zuverlässiges Kutschpferd. Genau deswegen hatte er ihn auch als Begleitpferd für Saladin ausgewählt. Der junge Wallach war oft noch recht ungestüm, und man konnte nie genau sagen, wann er einfach für sich beschloss, der Kutschfahrt ein wenig Pep zu verleihen. Zum anderen war er noch immer etwas schreckhaft, und trotz der Scheuklappen an seinen Augen schien er immer wieder Dinge um sich herum wahrzunehmen, die ihn unruhig werden ließen.

Auch jetzt blähte er aufgeregt seine Nüstern und blieb ruckartig stehen, was Mescalito im ersten Moment ziemlich irritierte. Pflichtgetreu wollte er dann weiterlaufen, doch Saladin stand still wie eine Statue, hielt den Kopf hoch aufgerichtet und sog nervös die Luft ein. Schließlich stieß er ein schrilles Wiehern aus, das seinen Leib erzittern ließ.

„Meinst du, du könntest von der Kutsche absteigen und ihn wieder im Schritt anführen?", fragte Lars.

Lilian nickte und wollte sogleich abspringen. „Klar!"

„Halt, Lilian, steig langsam ab! Und rede mit Saladin, damit er hört, dass du dich ihm näherst!"

„Okay!"

Vorsichtig glitt das Mädchen vom Kutschbock hinunter.

„Saladin ... Saladin, mein Guter ... Was hast du denn? Musst dich doch nicht aufregen. Schau mal, wie brav der Mescalito dasteht!" Lilians Lippen bewegten sich unaufhaltsam, während sie in einem großen Bogen um das Pferd herumlief. Langsam trat sie dann auf Saladin zu und strich ihm beruhigend über den Hals.

„Alles okay, mein braver Junge", versicherte sie ihm immer wieder, dann griff sie in die Zügel und ruckte leicht daran.

„Vorwärts, Saladin!", ließ sich Lars im selben Moment vernehmen, und als wenn nichts gewesen wäre, fielen die Pferde wieder in einen flotten Schritt.

„Steig auf!", rief Lars, und gleich darauf saß Lilian wieder neben ihm.

„Was hättest du denn nun gemacht, wenn ich nicht dabei gewesen wäre?", wollte das Mädchen wissen.

„Tja, dann hätte ich jetzt vermutlich ein Problem gehabt", gab der junge Mann grinsend zurück. „Aber davon einmal abgesehen ... Es gibt schon diverse Tricks, um die Pferde vom Kutschbock aus wieder in Gang zu bringen, und meistens bin ich ja auch beim Einfahren eines Pferdes nicht alleine unterwegs. Kuno kommt oft mit, manchmal auch Marius. Eigentlich sollte immer eine zweite Person beim Kutschieren dabei sein und beim Einfahren sowieso."

„Aha. Da hat man es beim Reiten wirklich einfacher. Es passt nur einer in den Sattel", lachte Lilian.

Lars ließ die Pferde antraben. „Wir haben jetzt eine herrliche Waldstrecke vor uns. Kennst du diesen Weg? Er führt zur Mühle hin."

„Oh ja! Wie könnte ich diese Stecke je vergessen? Wir sind sie bei unserem letzten Besuch hier, als Diabolo geklaut wurde, mehrmals abgeritten."

Lars schaute zu ihr hinüber. „Das war vor meiner Zeit, aber ich hab davon gehört. Muss ganz schön übel für Ricky gewesen sein!"

„Das kannst du laut sagen!" Lilian nickte, dann schwieg sie. Plötzlich kam ihr in den Sinn, dass bei jedem ihrer Besuche auf Hohenhausen irgendetwas passiert war, und sie hoffte sehr, dass es in diesen Ferien anders sein würde. Aber bis jetzt hatte sich ja alles ganz gut angelassen – außer der Tatsache vielleicht, dass Jux sich ebenfalls hier aufhielt. Doch darüber konnte man notfalls hinwegsehen.

Lilian wollte sich gerade wieder genüsslich zurücklehnen und Lars von ihren früheren Gestütsaufenthalten erzählen, als aus dem Nichts ein Düsenjäger ziemlich tief über die Landschaft hinwegfegte und selbst dem disziplinierten Mescalito einen gehörigen Schrecken einjagte. Mit einem Satz versuchte er dem grässlichen Geräusch zu entfliehen, und dies genügte, um Saladin den Rest zu geben.

Ruckartig zogen die Tiere die Kutsche an, sodass Lars und Lilian erst nach vorne, dann nach hinten kippten und Mühe hatten, sich auf dem Bock zu halten.

„Brrr ... brrrrrr", rief Lars laut und versuchte, die Tiere, die in einen rasenden Galopp gefallen waren, mit aller Gewalt durchzuparieren. Doch sie sprachen weder auf seine Stimme noch auf die Zügelhilfen an, sondern donnerten einfach weiter auf dem holperigen Feldweg in Richtung Wald.

Lilian klammerte sich schreckensbleich an der Kutsche fest, während sie links und rechts die Bäume an sich vorüberfliegen sah.

„Oh mein Gott!", stieß sie angstvoll aus, denn im selben

Moment wurde ihr klar, dass Lars niemals die Herrschaft über die panischen Pferde zurückgewinnen würde.

Erschrocken sah sie das Blut, das über Lars' Hände lief. Er musste höllische Schmerzen haben, doch er schien nicht bereit, auch nur einen Zentimeter der Zügel nachzugeben.

Hart schnitten die Lederriemen in seine Haut, während er immer wieder versuchte, mit Zügeln und Stimme auf die Tiere einzuwirken, doch Saladin wurde immer schneller und selbst Mescalito galoppierte mit angelegten Ohren in unbremsbarem Tempo weiter. Die Pferde hatten sich festgebissen und würden erst wieder auf ihn ansprechen, wenn sie ermüdet wären, doch das würde dauern ...

Der junge Kutscher war froh darüber, dass er eine Strecke ausgewählt hatte, die sich unendlich weit hinzog, ohne dass die Wahrscheinlichkeit bestand, dass ihnen ein Auto begegnen würde. Die Chance, dass die Tiere also ungefährdet irgendwann durch ihren Wahnsinnsgalopp ermüden würden, war ein Hoffnungsschimmer, an den sich Lars klammerte. Er hatte nur Angst, dass die Pferde vom Weg ab, und querfeldein weiterrasen würden. Wenn dies geschehen würde, dann ...

„Oh Gott, ein Stein!“, schrie Lilian mit einem Mal auf. „Da liegt ein Stein mitten auf dem Weg!“

Lars hatte das Hindernis ebenfalls schon erblickt, doch es war ihm nicht möglich, die Tiere daran vorbei zu lenken.

„Festhalten!“, war das Letzte, was Lilian noch von ihm hörte, ehe Saladin den etwa dreißig Zentimeter großen Stein einfach übersprang. Die Kutsche erwischte den Stein mit zwei ihrer Räder. Es tat einen Schlag, und durch die hohe Geschwindigkeit kam die Kutsche völlig aus dem Gleichgewicht. Sie begann zu schlingern und die Pferde brachen nach der Seite hin aus.

Dann ging alles irrsinnig schnell.

Die Kutsche schlingerte noch stärker und prallte gegen einen der Bäume, woraufhin sich die Waage löste und die Deichsel brach.

Lars ließ die Zügel los, und während die Tiere in ihrem Geschirr davonrasten, kippte die Kutsche auf die Seite ... Lilians schrecklicher Aufschrei war das Letzte, was Lars wahrnahm, ehe er aus der Kutsche geschleudert wurde und sich alles um ihn herum in Dunkelheit hüllte.

Gwen hatte den Auftrag ihrer Großmutter gewissenhaft ausgeführt und befand sich mit den anderen wieder auf dem Rückweg vom Biohof.

„Wie war das jetzt mit dieser Überraschung?“, fragte Kathi neugierig.

„Ja, also ... Omi hat für heute Abend ein großes Grillfest für die Gäste geplant.“

„Oh Klasse!“ Marc grinste. „Und was macht ihr in dieser Zeit? Ich meine, du hast nur von den Gästen gesprochen.“

„Du bist heute aber wieder nett! Ich schätze, wir gucken in die Röhre, wenn du wieder deinen Fressanfall bekommst und über den Grill herfällst.“ Gwen lachte. „Nee, wir sind sowieso dabei, und für die Gäste ist es eine Ehre, an dem Fest teilzunehmen, aber vorher dürft ihr noch Anna bei den Salaten helfen. Vor allem diejenigen, die für drei essen!“

„Dachte ich mir doch, dass es ein Haken bei der ganzen Geschichte gibt“, meinte Marc und seufzte auf. „Das heißt also, ich mach die Arbeit, und ihr hofft darauf, dass ich später dann zu müde zum Essen bin, oder wie?“

„Ganz genau!“

„Das wird bestimmt super“, freute sich Ricky. „Wir hatten schon lange kein Fest mehr.“

„Stimmt!“, bestätigte Marc. „Das letzte war, glaube ich, der Versuch, deinen Geburtstag zu feiern.“

„Oh Mann, erinnere mich bloß nicht daran!“ Kathi winkte ab. Rickys letzten Geburtstag hatte sie in schlechter Erinnerung, da sie ausgerechnet an diesem Tag mit Rashid einen Reitunfall hatte.

„Also, wenn jemand eine Gitarre hat ... dann könnte ich mich eventuell dazu breitschlagen lassen, heute Abend ein wenig zu spielen“, bot Lissi an.

„Klasse! Ich glaube, Marius hat eine.“ Gwen war begeistert. Dann wandte sie sich an Judith. „Sag mal, hast du nicht mal was davon erzählt, dass du gut singen kannst?“

Das Mädchen schaute demonstrativ in die Luft und fing zu pfeifen an.

„Kann gar nicht sein“, meinte sie dann lachend.

„Lügnerin!“, grinste Lissi. „Wenn ich Gitarre spiele, dann kannst du dazu singen!“

„Okay, aber nur wenn wir das noch ein wenig zusammen üben“, ließ Judith sich überreden.

„Gut, wir haben ja schließlich noch eine Menge Zeit bis heute Abend.“

„Ihr wollt euch doch bloß vor dem Salat drücken“, meinte Marc fröhlich, und alle begannen zu lachen, außer Jux, die in ihrem Sattel saß und keine Miene verzog.

Gwen, die das Mädchen mit einbeziehen wollte, sagte schließlich: „Jux, ich erinnere mich daran, dass du ...“

„Ich werde nicht dabei sein“, schnitt Jux Gwen das Wort ab.

„Wie? Nicht dabei?“

„So, wie ich es gesagt habe. Ich werde nicht an dem Grillfest teilnehmen. Ich ... ich überlege, ob ich nach Hause fahre.“

„Oh“, machte Gwen betroffen.

„Warum denn?“, platzte Judith heraus, doch im selben Moment war ihr klar, dass sie die Antwort bereits kannte.

Jux sah sie verärgert von der Seite her an. Jetzt hatte Judith sie mit dieser Frage doch tatsächlich in die unangenehme Lage gebracht, antworten zu müssen.

„Ja, warum eigentlich?“ Marc konnte nicht anders. Er musste einfach noch einmal nachhaken, selbst wenn die Antwort auf der Hand lag. Ricky schaute ihren Freund erstaunt an.

Jux atmete tief durch und fixierte dann Ricky. „Ich kann nicht einfach so tun, als ob nichts gewesen wäre“, sagte sie schließlich, und ihr Blick wurde eisig. „Ihr habt mir mein Leben versaut!“

„Wie bitte?“ Ricky konnte es nicht fassen. „Wir sollen dein Leben versaut haben? Wir? Du hast sie ja nicht mehr alle!“

„Du hast recht. Eigentlich bist du schuld an allem!“

„Was?“

„Wenn du dich damals nicht so blöde mit deinem dummen Diabolo angestellt hättest, dann wäre alles gar nicht so weit gekommen. Als wenn dir ein Zacken aus der Krone gefallen wäre, wenn du uns mal hättest reiten lassen.“

„Also, Jux, jetzt mach mal einen Punkt!“ Marc beugte sich zu Ricky herüber und legte ihr beruhigend die Hand auf den Arm. Seine Freundin zitterte vor Wut.

„Ich glaube, ich spinne!“ Ricky schüttelte fassungslos ihren Kopf. „Wer hat denn den Reitstall abgefackelt? Und steht es nicht jedem Pferdebesitzer frei zu entscheiden, wer auf seinem Pferd reiten darf? Außerdem wusstest du doch ganz genau, was Diabolo durchgemacht hat, und ...“ In diesem Moment flog Sharazans Kopf nach oben. Er wirbelte auf der Hinterhand herum und starrte in die entgegengesetzte Richtung.

Marc, der auf diese Bewegung überhaupt nicht vorbereitet war, hatte damit zu kämpfen, im Sattel zu bleiben.

„He, was ist denn jetzt los?“, fragte er verblüfft, als auch die anderen Pferde mit einem Mal nervös wurden.

Gwen schirmte die Augen mit der Hand gegen die Sonne ab, um besser sehen zu können, während Black Jack aufgeregt wieherte und kaum noch ruhig zu halten war.

Aus der Ferne klang es wie ein Echo zurück.

„Sieht so aus, als ob da irgendwo zwei Pferde ausgebüxt sind“, meinte Lissi.

„Wir sollten da vielleicht besser mal nachschauen“, entschied Gwen. „Wenn sie dieses Tempo und diese Richtung einhalten, dann kommen sie irgendwann auf die Straße. Vielleicht können wir sie einfangen, oder zumindest in eine andere Richtung treiben.“

„Davon kannst du doch nur träumen. So schnell, wie sie sind, holen wir sie nie ein!“

„Wahrscheinlich“, gab Gwen zu. „Aber ich würde es mir nie verzeihen, wenn ich es nicht zumindest einmal versucht hätte.“ Schon wollte sie losreiten, als Lissi rief: „Halt, warte! Sie haben die Richtung gewechselt. Wenn wir Glück haben, kommen sie direkt auf uns zu.“

Diabolo begann unruhig auf der Stelle zu tänzeln und drängte dabei Imola ein wenig zur Seite.

„Kannst du nicht aufpassen?“, blaffte Jux los.

„Oh sorry! Hoffentlich lebst du noch“, giftete Ricky zurück, und beide Mädchen fingen sich Gwens strafenden Blick ein.

„Menschenskinder, habt ihr im Augenblick keine anderen Probleme? Da rennen ein paar Pf... oh mein Gott!“ Gwen wurde auf einen Schlag kreidebleich. „Bitte sag mir einer, dass das nicht wahr ist!“, stieß sie entsetzt hervor.

„Was hast du denn?“, fragte Kathi perplex.

„Das sind ... das sind Saladin und Mescalito!“

„Bist du sicher?“

„Ich bin ja nicht blöd und ich kenne unsere Pferde!“

„Ich denke, die sind vor der Kutsche eingespannt ... wie können die denn ...“ Ricky musste sofort an Lilian denken.

„Was weiß ich! Oh Gott! Da ist was passiert!“

„Sie wechseln schon wieder die Richtung“, stellte Marc fest, und jetzt war Gwen nicht mehr zu halten.

„Wir müssen hinterher! Ihnen irgendwie den Weg abschneiden. Los kommt!“ Sie wusste im Grunde genommen, dass es ein sinnloses Unterfangen war, aber dennoch presste sie Black Jack die Waden an den Leib und ließ ihn aus dem Stand heraus davongaloppieren.

„Müssten sie nicht schon längst zurück sein?“ Die Gräfin war bei Marius im Stall erschienen und hatte festgestellt, dass Black Jacks Box noch immer leer war.

„Ist doch erst zwei Stunden her, seit sie weggeritten sind. Sie kennen doch Gwen ... da muss man noch hierhin und dorthin schauen, dieses Fohlen auf der Koppel begutachten und jenes beim Nachbarn“, Marius grinste. „Sicherlich haben sich die Kids wieder irgendwo verzettelt.“

„Hmm, sieht so aus. Ach, Marius, bitte schicken Sie Lars zu mir ins Büro. Ich muss mit ihm über die neuen Geschirre reden, die wir für die ungarische Anspannung brauchen.“

„Ja, ich richte es ihm aus, wenn er wieder zu Hause ist.“

„Was? Der ist auch noch nicht hier? Er fährt doch sonst mit den jungen Pferden nie länger als höchstens eineinhalb Stunden.“

Marius spürte die Unruhe, die die Gräfin mit einem Mal erfasste.

„Ich bin mir sicher, das er in den nächsten Minuten hier eintrudelt“, meinte er beruhigend, obwohl auch er sich schon Sorgen um den Kutscher gemacht hatte. Schließlich war er jetzt schon an die drei Stunden unterwegs.

„Ich hoffe, Sie behalten recht“, murmelte die Gräfin und verließ mit einem unguten Gefühl den Stall.

Irgendetwas stimmt da nicht, dachte sie noch, ehe sie von Watson, dem alten Hausangestellten, in ihr Büro gerufen wurde, wo ein bekannter Pferdezüchter auf sie wartetet.

Es war ein herrlicher Sonnentag, wie er nicht schöner hätte sein können, doch über den Ort, wo die Kutsche umgestürzt war, hatte sich gespenstige Stille gelegt. Selbst die Vögel hatten ihren Gesang eingestellt, und kein einziger Windhauch ließ auch das noch so kleinste Rascheln in den Blättern hören. Es herrschte eine Lautlosigkeit, die Lilian fast als schmerzhaft empfand, als sie wieder zu Sinnen kam.

Verkrümmt lag sie auf dem Boden und während sie blinzelnd die Augen öffnete und in den stahlblauen Himmel über sich starrte, versuchte sie darüber bewusst zu werden, was eigentlich passiert war. In ihrem Kopf brummte es wie in einem Wespennest, und so blieb sie erst einmal still liegen, um zu sich selbst zu finden.

Langsam kam alles in ihr Gedächtnis zurück. Das Durchgehen der Pferde, die Angst, der Situation hilflos ausgeliefert zu sein, dieser verdammte Stein, der mitten auf dem Weg gelegen war, Lars’ blutende Hände ... Bei dem Augenblick, kurz bevor die Kutsche umgekippt war, riss Lilians Erinnerung ab. Alles, was danach geschehen war, war in einem schwarzen Loch versunken.

Einen Augenblick lang empfand das Mädchen Erleichterung darüber, dass dieser ganze Spuk ein Ende hatte, doch dann packte es eine plötzliche Angst.

Warum war alles so still? Wo waren die Pferde? Wo war Lars?

Schnell wollte Lilian sich erheben, doch mit einem Aufschrei fiel sie wieder zurück. Unmenschliche Schmerzen in ihrem rechten Bein ließen sie fast ohnmächtig werden. Kalter Schweiß brach aus ihren Poren, ihr Körper begann zu zittern und der Puls zu rasen.

„Lars“, wimmerte sie tränenüberströmt. „Lars, wo bist du?“ Doch sie bekam keine Antwort.

Minutenlang lag das Mädchen einfach nur da, vor lauter Angst, dass dieser grässliche Schmerz wiederkommen würde, sobald es sich auch nur ein wenig rühren würde.

Nach einer Zeit, die ihr wie eine Ewigkeit erschien, wagte Lilian es zumindest den Kopf zu heben, um nach ihrem Bein zu schauen.

Fast blieb ihr das Herz stehen, als sie sah, dass ihr rechtes Bein zur Hälfte unter der umgestürzten Kutsche eingeklemmt lag.

„Oh nein ...“ Verzweifelt ließ sie ihren Kopf wieder zurücksinken und schloss die Augen. Hysterisch begann sie gleichzeitig zu lachen und zu weinen.

Wo war Lars?

Lilians Nerven waren dem Zusammenbruch nahe. „Rainer“, wimmerte sie, während ihre Hände zitternd über das Gras glitten. „Rainer, bitte komm ... komm doch. Ich ... kann nicht mehr. Ich habe Angst. Lars ... LARS!“, brüllte sie plötzlich mit letzter Kraft in die Stille hinein, ehe sie wieder ihr Bewusstsein verlor.

Saladin und Mescalito rasten nebeneinander her, noch immer durch die langen, auf dem Boden schleifenden Zügel und die Ketten, die sie an der abgebrochenen Deichsel fixierten, verbunden. Schmerzhaft schlug die gesplitterte Holzstange gegen die Beine der Pferde und versetzte die Tiere in eine wachsende Panik, weil sie diesen Schmerzen nicht davonlaufen konnten.

Diabolo hatte inzwischen zu Black Jack aufgeschlossen, und Seite an Seite preschten sie quer über die langgezogene Wiese.

„Sie sind zu schnell! Wir können sie nicht einholen!“, schrie Ricky gegen den Wind.

„Wir müssen!“, gab Gwen ebenso laut zurück und spornte Black Jack zu noch höherem Tempo an. „Pass auf, dort vorne ist ein Graben!“, konnte sie gerade noch rufen, da setzte Diabolo auch schon zu einem mächtigen Sprung an, der Ricky, die darauf überhaupt nicht vorbereitet war, fast aus dem Sattel katapultierte.

Oben bleiben – oben bleiben!, hämmerte es in Rickys Kopf, während sie versuchte, bei dem halsbrecherischen Tempo, ihr Gleichgewicht wiederzufinden.

Marc, der seine Freundin schief im Sattel sitzen sah, hielt die Luft an. Wenn sie jetzt stürzen würde, wären vermutlich ihre sämtliche Knochen im Eimer ... Doch wenige Sekunden später konnte er aufatmen. Sie hatte es geschafft, wieder in Diabolos Rhythmus zu finden.

Kathi, die seit ihrem Reitunfall eine eher vorsichtige Reiterin geworden war, galoppierte mit Rashid wesentlich langsamer hinter Gwen, Ricky und Marc her. Als sie Black Jack über den Graben hinwegsetzen sah, parierte sie ihren Falben sofort durch. Sie konnte nicht gut springen und versuchte, wo es ging, Hindernisse zu umreiten.

Lissi, Judith und Jux verlangsamten nun ebenfalls ihre Pferde.

„Was ist los? Warum hältst du an?“, fragte Lissi außer Atem.

„Ich kann nicht gut springen. Ich geh mit Rashid nicht über den Graben.“

„Was willst du dann tun?“

Kathi schaute verzweifelt drein. „Keine Ahnung. Vielleicht ist er irgendwo nicht so breit und tief, sodass man im Schritt drüberkommt."

„Memme!" Jux Augen funkelten, dann spornte sie Imola wieder zum Galopp an, ließ sie problemlos über den Graben setzen und nahm wieder die Verfolgung auf. Kathi war anscheinend noch immer der gleiche Hasenfuß wie vor ein paar Jahren.

Judith und Lissi schauten sich an und nickten sich unmerklich zu.

„Wir sind auch Angsthasen, was das Springen betrifft", gab Judith zu.

„Kommt, lasst uns einen Übergang suchen!" Lissi deutete auf die sich rasch entfernenden Reiter. „Es bringt nichts, ihnen hinterherzurasen. Sie werden Mescalito und Saladin eh nicht einholen."

Kapitel 4

Ruhelos wanderte die Gräfin auf und ab, wobei sie immer wieder einen Blick aus dem Fenster warf. Sie konnte sich kaum auf das Gespräch mit dem Pferdezüchter Stan Hüsseler konzentrieren, was diesem natürlich auffiel. Besonders als er sie nach der Höhe der Deckgebüren fragte und sie nur mit einem „Ja“ antwortete.

Hüsseler zog verwirrt eine Augenbraue hoch. „Ich verstehe nicht ganz.“

„Wie?“ Die Gräfin wandte sich ihm wieder zu und winkte dann ab. „Stan, bitte verzeihen Sie, aber ich bin mit meinen Gedanken nicht ganz bei der Sache. Mein Kutscher ist mit einem jungen Einfahr-Pferd schon seit mittlerweile zwei Stunden überfällig, meine Enkelin und ein Teil meiner Gäste zu Pferde ebenfalls, und so langsam mache ich mir Sorgen, dass etwas passiert ist. Können wir unser Gespräch auf morgen verlegen?“

Hüsseler nickte. „Selbstverständlich! Wenngleich ich darauf gehofft hatte, mit meinen beiden Stuten schon morgen zum Decken kommen zu können.“

Fahrig schaute die Gräfin auf die vorliegenden Deck-Listen. „Von mir aus kommen Sie morgen, wann immer Sie wollen. Machen Sie doch bitte einen genauen Termin mit Marius aus, aber nun müssen Sie mich entschuldigen. Ich glaube, mir wird nichts anderes übrig bleiben, als einen Suchtrupp zu organisieren und loszuschicken. Ich habe einfach keine Ruhe mehr, bis ich nicht weiß, was mit meinen Leuten los ist.“

Hüsseler überlegte. „Würde es Ihnen vielleicht helfen, wenn ich mich dem Suchtrupp anschließe? Schließlich bin ich mit dem Jeep da und könnte auch mal querfeldein fahren.“

Spontan drückte Eleonore von Hohenhausen dem Pferdezüchter die Hand. „Vielen Dank, Stan! Ich glaube, es würde mir sehr helfen. Kommen Sie mit! Mein untrügliches Gefühl sagt mir, dass wir keine Zeit verlieren sollten.“

Lars kniete mit schmerzverzerrtem, bleichem Gesicht neben Lilian und strich ihr beruhigend mit einer Hand über den Kopf, während sein anderer Arm bewegungslos herunterhing. Er vermutete, dass er sich das Schultergelenk ausgekugelt hatte. Dies erschien ihm jedoch im Augenblick gar nicht so wichtig. Lilian war viel schlimmer dran als er. Immer wieder blickte der junge Mann fassungslos auf das eingequetschte Bein des Mädchens und zerbrach sich den Kopf, wie er Lilian befreien konnte. Die Kutsche war viel zu schwer, als dass sie ein Mann alleine hätte anheben können, noch dazu mit nur einem Arm. Und selbst wenn er es schaffen würde, könnte er dann doch nichts anderes tun als hier zu warten. Er könnte noch nicht einmal Hilfe organisieren, da er das Mädchen keinesfalls alleine lassen wollte. Es war zum Verzweifeln!

„Lilian, komm zu dir! Lilian! Bitte ... oh Gott, wenn’s dich wirklich gibt, dann lass Lilian endlich wieder wach werden!“ Flehentlich schaute er zum Himmel empor, doch er musste sich noch ein paar Minuten gedulden, ehe sein Stoßgebet erhört wurde.

„Mir ist so schlecht“, flüsterte das Mädchen mit einem Mal, und Lars fiel ein riesengroßer Stein vom Herzen.

„Himmel, bin ich froh, dass du wieder unter den Lebenden bist!“

„Ich habe so Durst." Lilian fuhr mit der Zunge über ihre spröden Lippen, während ihre Augen fiebrig glänzten.

„Hast du Schmerzen?", fragte Lars und fand seine Frage furchtbar blöd. Wie konnte denn jemand keine Schmerzen habe, wenn der Körper eingeklemmt war.

„Wenn ich mich nicht bewege, dann nicht. Es ist ... ist eher so, dass ich das Gefühl habe, als ob alles bis zum Unterleib hin taub ist." Apathisch schaute sie Lars an. „Dein ... dein Arm ... was ist mit ihm?"

Lars winkte ab. „Ausgerenkt oder so, aber das wird schon wieder."

Lilian nickte und schloss wieder die Augen.

„Nicht einschlafen! Hörst du, Lilian? Bleib wach!"

„Bin so müde ... Ich möchte nach Hause ... Rainer ..."

Lars biss sich auf die Lippen. Wenn er bloß wüsste, was er tun könnte. Noch niemals vorher hatte er sich derartig hilflos in einer Situation gefühlt. Das Einzige, was ihm im Augenblick blieb, war die Hoffnung, dass die Gräfin sie suchen lassen würde, wenn sie merkte, dass die Kutsche nicht zurückgekehrt war.

Die Gräfin!

Lars durfte gar nicht an das Donnerwetter denken, das sie veranstalten würde. Die Kutsche war im Eimer und die Pferde ... hoffentlich haben wenigstens sie alles heil überstanden. Lilian ... das war das Allerschlimmste! Dass ihr etwas passiert war, würde ihm die Gräfin nicht verzeihen. Niemals! Und er sich selbst sowieso nicht. Mit Sicherheit würde sie ihn rauswerfen, doch das wäre noch das geringste Übel.

Tränen liefen dem jungen Mann über die Wangen, als sein Blick auf Lilians bleichem Gesicht verharrte, das ihm plötzlich so klein vorkam, und er wünschte sich, er könne die Zeit zurückdrehen und alles ungeschehen machen.

Zum Warten verdammt, nahm er vorsichtig Lilians Hand und strich zart mit zitternden Fingern darüber. Das Einzige, was er tun konnte, war, ihr das Gefühl zu geben, nicht allein zu sein.

„Nein!“, schrie Gwen, als sie sah, wie Saladin strauchelte und in die Knie ging. Mescalito versuchte noch ein paar Galoppsprünge, ehe er durch Saladins Sturz zu einer Vollbremsung gezwungen wurde und ebenfalls fast zu Boden ging.

Zitternd stand er da und versuchte, den Hufen des liegenden Saladins auszuweichen, der mit aller Macht aufstehen wollte, doch durch die Verkettung mit Mescalito nicht den richtigen Schwung dafür finden konnte.

Immer wieder traf er Mescalito an den Beinen, der verstört den Kopf nach oben warf und versuchte rückwärts zu entkommen, wobei er Saladin mit sich zog.

Das liegende Pferd wurde immer panischer. Mittlerweile hatte sich die Trense mit den Scheuklappen über seinem Kopf so verschoben, dass sein Blickfeld noch mehr eingeschränkt wurde, und wild bemühte es sich, das störende Leder abzustreifen.

Erschrocken wollte sich Mescalito aufbäumen, doch durch die Kette daran gehindert, strauchelte nun auch er.

Nie würde Gwen Saladins Schrei vergessen, als Mescalito, bei dem Versuch sich auf den Beinen zu halten mit den Hufen dessen Kopf erwischte.

Als die Kids endlich bei den beiden Pferden eintrafen, und Gwen aus dem Sattel sprang, noch ehe Black Jack richtig stand, zuckte Saladins Körper zum letzten Mal.

Gwen heulte bei seinem Anblick auf und rannte zu den beiden Kutschpferden hinüber.

Ricky hatte Diabolo neben Black Jack gestoppt und griff nun nach dessen Zügel.

Marc sprang von Sharazan, gab Ricky die Zügel und eilte zu Gwen hinterher.

„Er ist tot!“, kreischte sie ihm entgegen, tränenüberströmt. „Saladin ist tot! Marc! Er darf nicht tot sein!“

Tief atmete Marc durch und versuchte, einen klaren Gedanken zu fassen.

„Wir müssen Mescalito losmachen“, flüsterte er und konnte vor Gwen das Zittern seiner Hände nicht verbergen, während er die Kette von Mescalitos Geschirr löste sowie den Kreuzzügel, der auch durch Saladins Trensenring führte.

„Nimm ihn, bitte! Und führ ihn weg! Weg! Hörst du? Bring ihn weg!“, keuchte Gwen. Sie hatte das Gefühl, keine Luft mehr zu bekommen.

Marc legte beruhigend die Hand auf Mescalitos Hals und führte das Tier zur Seite, während Gwen wie in Zeitlupe vor dem geschundenen Saladin in die Knie sackte.

Rickys Beine zitterten, und sie hatte Angst, dass sie jeden Moment nachgeben würden.

„Mir ist so schlecht“, wisperte sie, als Marc mit Mescalito endlich bei ihr stand. „Das ist ein Albtraum! Bitte sag mir, dass ich das alles nur träume! Er kann doch nicht ...“

„Ricky, Ricky!“ Beschwörend sah Marc auf das angstvoll verzerrte Gesicht seiner Freundin. „Wir ... Wir müssen versuchen, Gwen da wegzubringen. Hörst du?“

Abwesend nickte Ricky. Marcs Worte waren nur wie durch einen dichten Nebelschleier bei ihr angekommen.

Sie konnte und wollte einfach nicht glauben, was sich da vor ihren Augen abgespielt hatte. Das war einer der furchtbarsten Augenblicke, die sie jemals erlebt hatte.

Weinend vergrub sie ihr Gesicht in Diabolos Mähne. Wie musste sich Gwen wohl in diesem Moment fühlen, wenn es ihr, Ricky, schon so schlecht ging.

Jux, die fast gleichzeitig mit ihnen angekommen war, saß noch immer wie angewurzelt auf Imola. Sie war nicht fähig sich zu rühren und konnte nur auf Saladin starren.

Jetzt kamen auch Kathi, Judith und Lissi heran und parierten ihre Pferde durch, um den liegenden Saladin nicht zu erschrecken.

Als sie nur noch ein paar Meter entfernt waren, genügte ihnen jedoch ein einziger Blick, um die Situation zu erfassen.

Judith wandte sofort den Kopf zur Seite. Sie konnte diesen Anblick nicht ertragen.

Kathi und Lissi waren kaum in der Lage, von ihren Pferden abzusteigen, so sehr zitterten sie am ganzen Körper.

„Wie ist das passiert?“, fragte Kathi leise, und Marc erzählte, was sie gesehen hatten.

„Oh mein Gott!“ Lissi schaute auf Gwen, wobei sie vermied, Saladins Kopf anzusehen. „Wie kann sie da nur sitzen? Wie erträgt sie das bloß?“

„Wir müssen sie wegbringen!“, wiederholte Marc, und Lissi nickte. Dann drückte sie Judith Mijous Zügel in die Hand und ging mit wackeligen, unsicheren Schritten zu Gwen hinüber.

Das Mädchen kauerte am Boden und wiegte den Oberkörper vor und zurück, während sie ihre Hände auf Saladins Hals gelegt hatte.

„Gwen ...“, begann Lissi vorsichtig und berührte ihre Schulter. „Gwen, es tut mir so leid ...“

Das Mädchen nickte mit starren Augen.

„Komm bitte ... du solltest ihn nicht länger anschauen!“

Ohne den Blick von dem toten Pferd zu wenden, sagte Gwen brüchig: „Ich werde ihn nicht allein lassen. Niemals werde ich ihn allein lassen. Ich habe ihm das versprochen, damals, als er zur Welt kam und seine Mutter dabei starb.“

Lissi konnte Gwens Stimme kaum noch verstehen, so leise wurde sie.

„Ich habe ihn mit der Flasche aufgezogen. Tag und Nacht. Ich hab sogar die Schule geschwänzt, damit ich ihn füttern konnte ... Ich werde ihn nicht allein lassen. Niemals!“

Lissi schaute verzweifelt zu den anderen herüber und zuckte hilflos mit den Schultern, während sie ihren Kopf schüttelte. Nichts zu machen!, signalisierte sie ihnen.

„Und was machen wir jetzt?“, fragte Kathi kleinlaut. Sie fühlte sich in dieser Situation total überfordert, und auch die anderen Mädchen waren an der Grenze des Erträglichen.

„Okay“, sagte Marc und atmete tief durch. Er fühlte sich ebenfalls mies, aber es war ihm klar, dass jetzt einer die Initiative ergreifen und einen Entschluss fassen musste. Es würde nichts bringen, wenn sie alle hier noch zwei Stunden stehen blieben.

Auf einmal zuckte Rickys Kopf nach oben. „Himmel ... Was ist mit Lars und Lilian?“ Durch den Schock, den sie beim Anblick des Pferdes erlitten hatten, war die Frage in den Hintergrund gerückt, doch nun stand sie klarer denn je im Raum. Ängstliche Ungewissheit machte sich in dem Mädchen breit.

Jux schien bei Rickys Frage aus ihrer Starre zu erwachen.

Erschrocken blickte sie auf die ehemalige Freundin und fragte sich im selben Augenblick, wie sie Lars hatte vergessen können. LARS!

„Ich werde sie suchen!“, sagte sie spontan in einem Ton, der keine Widerrede duldete. Schon wollte sie Imola wenden, als Marc sie stoppte.

„Halt, Jux! Warte! Du kennst die Gegend hier doch gar nicht so gut.“

„Aber du oder wie?“

„Zum Donnerwetter, jetzt ist keine Zeit für dein Gift, Jux!“, blaffte Ricky los. „Wir waren schon ein paar Mal hier zu Besuch und kennen manche Strecken schon ganz gut. Weißt du denn, wo die alte Mühle ist? Dorthin wollten sie nämlich fahren. Und außerdem ... was willst du machen, wenn du sie gefunden hast, und wenn ihnen womöglich auch etwas passiert ist?“

Jux senkte den Blick. Natürlich hatte sie keine Ahnung, wo diese Mühle sein sollte, und sie hatte auch nicht soweit gedacht, wie es Ricky getan hatte.

„Ich reite mit!“, sagte Ricky jetzt entschlossen. Sie übergab Sharazans und Black Jacks Zügel an Judith, die sie perplex anschaute, und schwang sich auf Diabolos Rücken. Es war nicht zu übersehen, dass sie froh darüber war, diesen Ort verlassen zu können.

„Du?“, fragte Jux gedehnt. Warum musste ausgerechnet sie mitreiten?

„Ja, ich“, gab Ricky zurück. „Komm! Wir dürfen keine Zeit verlieren!“ Sie wendete Diabolo und galoppierte los.

Jux brauchte noch zwei Sekunden, um sich zu überwinden, dann jedoch war die Angst um Lars so groß, dass sie mit Imola rasch folgte.

Die anderen starrten den beiden hinterher.

„Und was machen wir jetzt?“, fragte Kathi erneut.

Marc überlegte fieberhaft, dann winkte er Lissi herbei. „Ich glaube, das Beste wäre, wenn einer hier bei Gwen bleibt, einer versucht einen Hof oder ein Haus in der Nähe zu erreichen, um Hilfe zu holen, und zwei von uns bringen Mescalito auf das Gestüt zurück.“

„Ich bin noch nie mit Handpferd geritten“, meinte Lissi. „Ich bleibe bei Gwen!“ Sie übernahm Black Jack sowie Mijou und überwand sich, wieder in Saladins Nähe zurückzukehren.

„Ich reite am besten auf den Biohof zurück, um Hilfe zu rufen. Mit Handpferden bin ich nämlich ebenfalls nicht vertraut“, sagte Judith.

„Okay.“ Marc nickte Kathi zu. „Dann bringen wir beide Mescalito zurück zum Gestüt.“

„In Ordnung!“

Rasch stiegen sie auf ihre Pferde und warfen noch einen letzten Blick auf Gwen und Saladin, ehe sie sich in getrennte Richtungen aufmachten.

Ricky und Jux ritten in flottem Schritt, ziemlich wortkarg nebeneinander her. Keine von beiden fühlte sich wohl in ihrer Haut. Das schreckliche Geschehen, aber auch der vorangegangene Streit und das gespannte Verhältnis zwischen ihnen nagte an ihren Seelen.

Beide Mädchen hätten so gerne über den Vorfall gesprochen, um ihn verarbeiten zu können, doch einen Anfang zu finden, wenn man sich ansonsten am liebsten aus dem Weg ging, schien äußerst schwer, wenn nicht sogar unmöglich.

Ich werde wahnsinnig, wenn ich nicht darüber reden kann, dachte Ricky gerade und schielte unauffällig zu Jux hinüber, die völlig in Gedanken versunken im Sattel saß. Sie wünschte sich, dass Marc an Jux' Stelle mit ihr losgeritten wäre. Warum hatte sie auch freiwillig beschlossen, mit Jux zusammen die Kutsche zu suchen.

Wegen Lilian!, gab Ricky sich selbst die Antwort und seufzte tief auf.

Jux' Gedanken waren bei Lars. Wie es ihm wohl ging? Ob er verletzt war? Bei dieser Vorstellung wurde es Jux richtig schlecht. Wie würde er Saladins Tod verkraften?

Ricky räusperte sich. „Meinst du nicht, wir sollten darüber reden?“, überwand sie sich schließlich, während sie starr durch Diabolos Ohren blickte.

Jux fuhr zusammen. „Über was?“, fragte sie mehr oder weniger desinteressiert zurück.

„Über das, was geschehen ist, und überhaupt ...“, schlug Ricky zögernd vor.

Jux zuckte mit den Schultern, sagte jedoch nichts.

„Es hat doch keinen Sinn, wenn wir uns hier anschweigen. Was gerade passiert ist, das ist ... so schrecklich, und ... und ich finde, dass man bei einer solchen Sache vielleicht den privaten Ärger vergessen sollte.“

Jux warf einen kurzen Blick zu Diabolos Reiterin hinüber. „Wenn wir quatschen, wird Saladin auch nicht mehr lebendig!“

„Das nicht, aber ... Mensch, Jux, du weißt doch genau, was ich meine!“ Ricky tat sich unbändig schwer, die richtigen Worte zu finden, und als Jux schließlich wie ein Geier über sie herfiel, bereute sie im selben Moment, dass sie überhaupt versucht hatte, mit ihrer früheren Freundin zu reden.

Jux beharrte nach wie vor darauf, dass Ricky die Schuld daran trug, dass ihre Freundschaft damals in die Brüche gegangen war, und dass sie damit Jux’ Leben kaputt gemacht hatte.

„Weißt du eigentlich, wie ich mich gefühlt habe? Wie ein Stück Dreck habt ihr mich behandelt. Als ob ihr niemals irgendeinen Mist angestellt hättet. Und dann schickt ihr mir auch noch die Polizei auf den Hals!“

Ricky schüttelte ihren Kopf. Saladins Tod und Jux’ harte Worte waren zuviel für sie. Sie hatte gehofft, mit Jux einigermaßen normal reden zu können, aber so, wie die sich aufführte, war nicht mal daran zu denken.

„Warum hast du damals nicht einfach gesagt, was dich wurmt?“, fragte sie leise.

„Hab ich doch! Aber dich hat das doch gar nicht interessiert. Für dich gab es doch nur noch Diabolo und nichts anderes mehr. Deine Freunde waren dir völlig egal."

„Aber das stimmt doch gar nicht!"

„Natürlich stimmt's!"

Eine ganze Weile ging es zwischen den beiden Mädchen noch so weiter, und Ricky fühlte, dass sie langsam keine Kraft mehr für weitere Diskussionen hatte, je weiter sie sich der alten Mühle näherten.

„Könnten wir das Thema nicht einfach ruhen lassen", fragte sie irgendwann.

Jux ließ ein kurzes, ironisches Lachen hören. „Das wäre für dich wohl das Einfachste", sagte sie mit erregter Stimme. „Machst einen auf ‚heile Welt', und kommst dir dabei wahrscheinlich Wunder wie toll vor. Die liebe Ricky, die immer unschuldig ist, verzeiht der bösen Jux alles, oder wie? Wie kommt's zu deinem plötzlichen Sinneswandel? Für dich war die ganze Sache wohl erledigt, nachdem meine Eltern mit mir fortgezogen waren, aber für mich fing der ganze Stress damit erst an. Du hast ja keine Ahnung ... und das, was du mir angetan hast, soll ich nun einfach vergessen? Einfach ruhen lassen? Nee, du! Du hast unsere Freundschaft kaputt gemacht, und ich möchte nie wieder etwas mit dir zu tun haben!"

Ricky zuckte zusammen. Normalerweise hätte sie nach solchen Worten einen richtigen Wutanfall bekommen, doch im Augenblick gab es so viele andere Dinge, die ihr zu schaffen machten und ihr wichtiger erschienen, als sich mit Jux zu streiten. Sie parierte Diabolo durch und starrte Jux hinterher, die einfach weiterritt.

„Okay! Du willst nichts mehr mit mir zu tun haben, und ich bin ehrlich gesagt auch froh, wenn wir uns nicht mehr über den Weg laufen! Aber jetzt sind wir nun mal zusammen unterwegs, um Lilian zu suchen ..."

Jux stutzte, dann ließ sie auch Imola halten. Langsam drehte sie sich herum.

„Du suchst vielleicht Lilian“, sagte sie mit verschlossener Miene. „Ich suche Lars! Hast wohl schon vergessen, dass der auch mit auf der Kutsche saß, oder wie? Er zählt scheinbar gar nicht für dich.“

„Ach Quatsch!“ Ricky schloss mit Diabolo wieder auf. „Ich hab doch bloß gerade ...“

„... wieder mal nur an deine tolle Freundin Lilian gedacht“, beendete Jux aggressiv den Satz.

„Sie war auch mal deine Freundin.“

„Das ist schon lange her.“

Ricky biss sich auf die Lippen. An Jux war einfach nicht heranzukommen. Sie war irgendwie so vernagelt, dass sie alles, was Ricky sagte, in den falschen Hals bekam.

Schließlich winkte Ricky resigniert ab. „Es hat keinen Sinn“, sagte sie leise zu sich selbst.

„Das ist das erste Vernünftige, was ich von dir höre“, gab Jux sofort zurück und schaute Ricky kampflustig an.

„Pass auf, jetzt reicht's!“, platzte Diabolos Reiterin mit einem Mal heraus. „Wir können anscheinend wirklich nicht in Ruhe miteinander reden. Aber vielleicht wäre es möglich, wenigstens das Kriegsbeil zu begraben, bis wir die Kutsche mit Lilian und Lars gefunden haben. Deswegen sind wir nämlich unterwegs!“

„Ach, merkst du das auch schon?“ Jux konnte es einfach nicht lassen.

Du bist so eine dumme Kuh!, dachte Ricky und beschloss jetzt einfach nichts mehr zu sagen. Stattdessen versuchte sie ihre Gedanken auf Lilian zu lenken, und mehr als alles auf der Welt hoffte sie, dass ihre Freundin und Lars den Unfall heil überlebt hatten.

Jux versank ebenfalls in tiefes Schweigen. Im Grunde genommen wusste sie genau, dass sie sich Ricky gegenüber nicht ganz fair verhielt, aber sie war nicht bereit dazu, auch nur einen Zentimeter von ihrer vorgefassten Meinung abzuweichen. Lange genug hatte sie unter dem Vorfall in der Reithalle gelitten. Viele Monate lang war sie immer wieder durch den gleichen Albtraum schweißgebadet erwacht. Dann hatte sie geglaubt, endlich alles überwunden zu haben, und ausgerechnet hier, auf Hohenhausen musste sie wieder von der Erinnerung eingeholt werden.

Sie seufzte leise auf.

Ach ja, Hohenhausen ... Nie würde sie vergessen, wie sie das erste Mal den Stall betrat und Lars gegenüberstand ...

„Da vorne müssen wir rechts!“, sagte Ricky im gleichen Moment, und vermied es, Jux dabei anzuschauen.

Schweigend lenkte Jux Imola in die entsprechende Richtung. Ihre Gedanken überschlugen sich.

Würden sie die Kutsche finden?

Würde Lars unverletzt sein?

Jux fühlte, wie sie von einer rastlosen Unruhe erfüllt wurde und von der Angst, was sie vielleicht erwarten würde. Nervös schluckte sie, und mit einem Seitenblick merkte sie, dass auch Ricky immer angespannter wurde.

„Meinst du, dass ... dass ihnen etwas passiert ist?“, fragte sie nun doch leise, nach einem inneren Kampf.

Ricky starrte geradeaus. „Ich ... weiß es nicht ...“

Jux schaute auf ihre Hände, die zu zittern begannen. „Ricky, ich ... ich habe Angst!“

Diabolos Reiterin schloss für einen Sekundenbruchteil die Augen. „Ich auch.“

Judith war den Tränen nahe.

Eigentlich hätte sie den Biohof schon lange erreicht haben müssen, doch in ihrer Aufregung war sie anscheinend an einer der zahlreichen Weggabelungen falsch abgebogen. Nun stand sie irgendwo im Niemandsland und kannte sich überhaupt nicht mehr aus.

„So ein verdammter Mist!“, schimpfte sie mit sich selbst, wobei Aida aufmerksam mit den Ohren spielte.

Die Stute konnte sich nicht erklären, warum ihre Reiterin plötzlich so schlecht gelaunt war. Mit ihr konnte es jedenfalls nicht zusammenhängen, denn sie war brav überall dorthin gelaufen, wohin Judith sie gelenkt hatte.

Und was mache ich jetzt?, dachte das Mädchen verzweifelt. Ihre neuen Freunde verließen sich doch hundertprozentig darauf, dass sie Hilfe organisieren würde, und nun? Nun stand sie in dieser gottverlassenen Gegend und hatte keine Ahnung, in welche Richtung sie reiten musste, um den Biohof zu erreichen, geschweige denn zurück auf das Gestüt oder zurück zu Gwendolyn zu finden.

Judith versuchte, einen klaren Gedanken zu fassen.

Wenn sie jetzt den ganzen Weg, den sie gekommen war, zurückritt, würde sie immens viel Zeit verlieren, und außerdem würde die Gefahr bestehen, dass sie sich noch weiter verirrte.

Ich reite hier einfach weiter, immer geradeaus!, beschloss sie letztendlich. Irgendwann werde ich schon an einem Haus oder einem Hof vorbeikommen, wo ich telefonieren kann.

„Schade, dass du nicht sprechen kannst“, meinte sie zu ihrem Pferd und strich ihm liebevoll über den Hals. „Du wüsstest sicherlich den richtigen Weg.“

„Ob sie sie schon gefunden haben?“, fragte Kathi mit belegter Stimme.

Marc schaute auf Mescalito hinunter. „Mir wäre auch wohler, wenn ich das wüsste.“

„Das mit Saladin geht mir so brutal an die Nieren. Ich glaube, das Bild von ihm wird mich bis in meine Träume verfolgen. Wie lange werden wir noch brauchen, bis wir auf dem Gestüt sind?“

„Hmm ... keine Ahnung. Vielleicht noch eine halbe Stunde, oder so“, schätzte Marc.

„Wenn ich mir vorstelle, dass wir der Gräfin sagen müssen, was passiert ist, wird mir übel.“

„Mir ist schon lange schlecht!“, gab Marc mit Nachdruck zu.

„Sag mal, hast du eigentlich nicht dein Handy dabei? Könntest du nicht bei der Gräfin anrufen?“, fragte Kathi plötzlich, doch Rickys Freund schüttelte den Kopf.

„Keine Chance. Hohenhausen liegt in einem der übelsten Funklöcher, die es gibt. Hab vorhin schon drauf geschaut ... kein Netz!“

„Oh Mann, Marc, mir gehen tausend Gedanken durch den Kopf. Wenn ich an Gwen denke, könnte ich bloß noch heulen. Und der arme Saladin ... Warum lässt Gott bloß zu, dass so etwas geschieht? Kannst du mir das sagen? Ich meine, was hat Saladin denn Böses getan, dass er jetzt sterben musste? Findest du das gerecht? Ich verstehe das nicht!“ Kathi bemühte sich nicht loszuheulen.

Marc atmete tief durch. „Nur weil man nicht böse ist, lebt man nicht ewig“, sagte er leise. „Ich glaube, wir Menschen werden niemals verstehen, warum solche Dinge geschehen müssen, warum Tiere und Menschen, die uns etwas bedeuten, sterben müssen. Ich denke, bei jedem tickt die Lebensuhr halt anders, und wenn sie abgelaufen ist, dann können wir eben nichts daran ändern.“

„Aber warum?“, fragte Kathi erneut.

„Ich bin nicht der liebe Gott, also kann ich dir darauf keine Antwort geben. Aber interessant ist es doch, dass wir über solche Fragen erst dann nachdenken, wenn wir mit einer solchen Sache konfrontiert werden."

„Stimmt."

Schweigend ritten sie ein paar Meter weiter.

„Und warum kommen wir überhaupt erst auf die Welt, wenn wir dann doch sterben müssen?" Kathi konnte nicht aufhören.

„Vielleicht, damit wir erkennen dürfen, wie schön das Leben eigentlich ist", meinte Marc nach kurzem Nachdenken.

„Ja! Wie schön es ist, das habe ich heute gesehen", gab Kathi mit einem bitteren Unterton zurück.

„Bist du jetzt nicht ein wenig ungerecht?", fragte Marc zurück.

Kathi schniefte. „Du hast recht ... Und vielleicht sollten wir jetzt lieber darüber nachdenken, wie wir das alles der Gräfin beibringen."

Marc nickte. „Vielleicht haben wir ja auch Glück, und sie weiß schon alles, bis wir ankommen."

„Himmel", meinte Kathi. „Ich kann dir überhaupt nicht sagen, wie froh ich darüber wäre.

Kapitel 5

Ricky und Jux ritten in leichtem Trab die Allee entlang. Sie hatten nichts mehr miteinander gesprochen, doch jedes der Mädchen konnte die Anspannung des anderen fühlen.

Auf einmal parierte Ricky Diabolo durch und war für ein paar Sekunden wie gelähmt.

„Was ist los?“, fragte Jux perplex.

Ricky deutete mit zitternder Hand voraus. „Dort vorne!“, flüsterte sie heiser. „Die Kutsche ...“

Jux’ Augen wurden groß, und nach einem kurzen Blickwechsel ließen die beiden ihre Pferde angaloppieren.

Diabolo spürte die Nervosität, die Ricky erfasst hatte, und die sich sofort auf ihn übertrug. Er war stets klare Hilfen von ihr gewohnt, doch augenblicklich schien sie sich nur noch irgendwie festzuklammern, um vor lauter Zittern nicht aus dem Sattel zu fallen.

Unwillig machte Diabolo einen Bocksprung und versuchte, Ricky die Zügel aus der Hand zu ziehen. Sofort parierte sie ihr Pferd durch, aber der Rappe benötigte noch ein paar Galoppsprünge, ehe er wirklich zum Stehen kam.

Auch Jux hatte Imola angehalten, und jetzt standen die Pferde in gleicher Höhe mit der umgestürzten Kutsche.

Ricky glitt aus dem Sattel, packte Diabolos Zügel und führte das Pferd vorsichtig über den Wiesengraben und langsam um die Kutsche herum.

Jux folgte ihr mit Imola, und prallte fast gegen Diabolo, als Ricky plötzlich stehen blieb und leise aufschrie.

Vor ihnen kauerte Lars neben Lilian am Boden.

Der junge Mann zuckte erschrocken zusammen, als er Rickys Stimme hörte. Für ein paar Minuten war er erschöpft eingenickt, doch nun versuchte er schwerfällig, sich aufzurichten. Seine Beine waren vom langen Knien eingeschlafen, sodass er nun ziemlich wackelig dastand.

„Wie froh ich bin, dass ihr hier seid!“, brachte er stockend hervor. „Lilian ist eingeklemmt, und ich kann sie allein nicht befreien.“ Hilflos deutete er auf seinen bewegungslosen Arm.

Ricky drückte der bleichen Jux Diabolos Zügel in die Hand und eilte zu ihrer Freundin, die mit geschlossenen Augen reglos dalag.

„Lilian ... Lili ...“, Ricky brachte kaum ein Wort heraus, während sie vorsichtig über das Gesicht der Freundin streichelte. „Lili, so sag doch was ... Bitte!“

„Sie ist immer wieder mal kurz bei sich, aber dann sackt sie wieder weg und ist nicht mehr ansprechbar.“ Lars schluckte nervös. „Wir müssen sie irgendwie unter der Kutsche hervorziehen.“

Jux starrte auf Lars’ Arm. „Und was ist mit dir?“, fragte sie stockend.

Der Kutscher winkte fahrig ab. „Nicht so wichtig.“

Ricky richtete ihren Blick auf das Bein ihrer Freundin, und fast wurde ihr übel, als ihr bewusst wurde, was für schreckliche Schmerzen Lilian haben musste.

„Können wir die Kutsche nicht zu dritt anheben?“, fragte sie bang, doch Lars schüttelte den Kopf.

„Zwei müssten sie anheben und der Dritte müsste Lilian unter den Achseln nehmen und rausziehen. Aber ich habe leider nur einen Arm zur Verfügung ... und für euch beide ist das Ding viel zu schwer.“

„Verdammt, aber es muss doch irgendeine Möglichkeit geben ...“ Ricky schaute sich um. „Schließlich muss die

Kutsche doch bloß etwas angehoben werden, damit wir Lilians Bein rausziehen können."

„Ricky ..." Lilian hatte schwach die Augen geöffnet und ihre Lippen verzogen sich zu einem unmerklichen Lächeln.

Rickys Herz klopfte bis zum Hals hinauf, und es fiel ihr unsagbar schwer, ihrer Freundin einen beruhigenden Blick zu schenken.

„Keine Angst, Lili, es wird alles gut! Hörst du? Wir überlegen gerade, wie wir dich am schnellsten unter der Kutsche hervorbringen, aber das ist kein Problem. Wir sind jetzt zu dritt, und ich versprech dir, dass wir das ganz schnell hinkriegen, ja?!"

„Hmm", machte Lilian, dann sackte ihr Kopf wieder müde zur Seite.

Ricky hätte heulen können.

Jux stand immer noch hinter Lars und spürte, wie der junge Mann still litt und von Gewissensbissen wegen Lilian geplagt wurde.

„Mach dir keine Sorgen ... Irgendwie schaffen wir das!", sagte sie leise, nur um überhaupt irgendetwas zu sagen, was ihm Mut machen sollte.

„Fragt sich nur, wie." Verzweifelt schaute Lars sich um und entdeckte die abgebrochene Deichsel. „Vielleicht könnten wir die Kutsche hochhebeln", überlegte er. „Aber dazu bräuchten wir einen Stein, über den wir die Deichsel legen können."

Ricky erhob sich und schaute sich suchend um. „Wo sollen wir hier denn einen Stein herbekommen?"

Lars biss sich auf die Lippen. „Auf dem Weg liegt einer, ein paar Meter nach links. Das Mistding ist schuld daran, das die Kutsche aus dem Gleichgewicht gekommen ist."

Jux drückte Lars Diabolos Zügel in die gesunde Hand und stieg sofort in Imolas Sattel. „Ich hole ihn!"

„Er wird schwer sein“, gab Lars zu bedenken.

„Ich krieg das Ding schon her.“ Und schon war sie unterwegs.

„Okay, versuchen wir es!“ In den Augen des Kutschers zeigte sich ein Hoffnungsschimmer.

„Wenn ich doch nur beide Hände zur Verfügung hätte,“ stöhnte er leise, dann deutete er auf die Deichsel. „Kannst du sie aus der Halterung herausziehen?“, fragte er Ricky.

„Klar!“ Rasch ging das Mädchen um die Kutsche herum, packte die abgebrochene Stange und zog mit allen Kräften daran, doch sie bewegte sich keinen Zentimeter.

„Ich glaube, da hat sich was verklemmt!“

„Mist! Versuch’s noch einmal!“

Unter Aufbietung all ihrer Kräfte rüttelte und zog Ricky an der Stange, bis sie letztendlich nachgab und aus der Halterung rutschte.

„Geschafft!“, murmelte sie. „Und jetzt?“

„Jetzt müssen wir warten, bis Jux wieder hier ist.“

Ungeduldig trat Ricky von einem Bein auf das andere, während sie immer wieder auf Lilians bleiches Gesicht starren musste.

„Mensch, wo bleibt sie denn?“ Fast konnte sie den Anblick ihrer Freundin nicht mehr ertragen.

Plötzlich sagte Lars: „Die Pferde ... wenn ich bloß wüsste, wo sie hingelaufen sind. Hoffentlich ist wenigstens ihnen nichts passiert!“

Ricky zuckte zusammen. Oh Mann, und was mache ich jetzt?, fragte sie sich. Ich kann ihm doch nicht sagen, dass Saladin ...

„Ricky, kannst du mal kommen?“, tönte da Jux’ Stimme vom Weg her.

Das Mädchen spurtete los, froh darüber, Lars nicht Rede und Antwort stehen zu müssen.

Jux hatte den Stein auf Imolas Sattel gelegt und ihn mit einer Hand festgehalten, während sie auf komplizierte Art und Weise Imola zurückgeführt hatte.

„War gar nicht so einfach“, meinte sie. „Das Teil ist drei Mal runtergeflogen.“

„Hauptsache, er ist jetzt da.“ Ricky wuchtete den Stein herunter und schleppte ihn zu Lars, während Jux mit Imola hinterher kam.

„Und jetzt?“

Lars deutete auf eine Stelle, etwa einen Meter neben Lilian.

„Leg ihn dort ab und dann leg die Stange drüber ... Ja, so ist's gut. Warte, ein Stückchen weiter nach rechts, siehst du die leichte Vertiefung im Boden? Fahr mit der Stange dort unter die Kutsche, soweit es geht ... ja, genau so. Und jetzt den Stein drunter.“ Lars bückte sich mit schmerzverzerrtem Gesicht und brachte den Stein in die richtige Position unter die Stange, dann richtete er sich mit Schweißperlen auf der Stirn wieder auf und schaute sich nach Jux um.

„Binde die Pferde dort drüben an dem Baum an!“, wies er sie an. „Wir brauchen jede verfügbare Hand.“

„Okay!“ Jux führte Imola und Diabolo zur Seite und warf die Zügel über einen Ast.

„Das muss genügen. Macht euch bloß nicht selbstständig“, murmelte sie und rannte zurück.

Mit einem Seitenblick auf Lars stellte sie fest, dass er schweißgebadet war. Er musste schreckliche Schmerzen haben.

„Komm, Jux. Stell dich hinter Lilian und fasse sie unter den Achseln. Ricky, du gehst links von ihr an die Kutsche. Auf drei versuchst du, die Kutsche anzuheben, während ich probiere, die Hebelwirkung der Deichsel zu nutzen. Okay? Alles klar?“

Die Mädchen nickten und stellten sich in Position.

„Sobald sich die Kutsche hebt, ziehst du Lilian raus, Jux. Verstanden?“

Jux nickte und biss sich auf die Lippen.

„Also gut. Ricky, bist du bereit?“

„Ja.“

„Okay!“ Noch ein paar Mal atmete Lars tief durch, dann stützte er sich mit der gesunden Hand auf die Deichsel. „Eins ... zwei ... drei ... hoch!!“ Mit aller Gewalt drückte er auf die Holzstange, und auch Ricky setzte ihre ganze Kraft ein, doch außer ein paar wenigen Zentimetern konnten sie die Kutsche nicht anheben, zumal die Deichsel über dem Stein wegrutschte.

„Ich kann das Ding ... nicht mehr halten ...“, keuchte Ricky angstvoll. Sie konnte doch die Kutsche nicht einfach wieder auf Lilians Bein herunterkrachen lassen!

„Halt aus, Ricky! Eine Sekunde! Halt fest!“, rief Jux, die geistesgegenwärtig einen dicken Ast neben Lilians Bein unter die Kutsche schob. Gerade noch rechtzeitig, bevor Rickys Hände abrutschten.

Lilian stöhnte auf.

Obwohl der Ast das Gewicht ein wenig gemildert hatte, reichte er nicht dazu aus, um Lilians Bein völlig frei zu legen.

„Mist, das wird nichts. So kriegen wir das Ding nie hoch!“ Lars schaute ratlos auf die Mädchen.

„Wir müssen Hilfe holen“, sagte Jux stockend.

„Das auch. Aber als Erstes muss Lilian unter der Kutsche raus! Das Bein ist schon zu lange abgequetscht.“

Imola quietschte laut auf, da Diabolo sie aus Langeweile in den Hals gezwickt hatte.

Rickys Kopf fuhr hoch, und sie starrte auf ihr Pferd. „Wenn wir ein Seil hätten, dann könnte Diabolo ...“

Lars stutzte, dann nickte er heftig. „Ein Seil haben wir nicht, aber ich habe lange Ersatzzügel dabei. Die müssten gehen!“ Rasch trat er an die umgestürzte Kutsche und hantierte einhändig an dem Unterbau des Kutschbocks herum, wo hinter einem verriegelten Brett allerhand untergebracht war: Abschwitzdecken, eine Teleskop-Peitsche, Lappen, zwei Scheuklappen, eine Taschenlampe ... Ungeduldig zerrte Lars alles heraus und warf es achtlos auf den Boden, ehe die langen Kutschier-Zügel zum Vorschein kamen.

„Fragt sich nur, wie wir sie an Diabolo befestigen. Schließlich können wir sie ja nicht einfach in der Trense einhaken“, überlegte Ricky.

„Ich habe da schon eine Idee. Bring deinen Schwarzen her!“ Lars nickte ihr zu, und während Ricky Diabolo holte, entrollte er mit Jux zusammen die Zügel.

„Und jetzt?“

„Lockere den Sattelgurt und mach das Gurtpolster raus!“, wies der Kutscher an.

Ricky tat, wie ihr gesagt wurde, obgleich sie sich nicht vorstellen konnte, was Lars vorhatte.

„Wir ziehen den langen Zügel erstmal durch das Polster bis zur Mitte hin. Okay! So, und jetzt führen wir den Lederriemen rechts und links durch den Sattelgurt ...“

„Ah, so, wie wenn man einen Ausbinder fixiert, oder?“

„Genau so!“ Lars hielt Diabolo fest, während die Mädchen zu beiden Seiten des Pferdes den langen Zügel gleichmäßig anzogen, bis das Gurtpolster über Diabolos Brust lag.

„Gut, und jetzt zieh den Sattelgurt wieder an!“

Als die Mädchen fertig waren, schaute Lars kritisch auf den Zügel.

„Das ist zu kurz. Wir müssen den Riemen mit dem zweiten Zügel verlängern.“

„Und wie? Der Schnappverschluss, der normalerweise in die Trense eingehängt wird, reißt doch bestimmt, wenn Diabolo nachher anzieht, oder?"

„Mit Sicherheit. Wir müssen die Riemen verknoten."

„Verknoten? Ein Knoten hält doch auch nicht", meinte Jux, doch Lars schüttelte den Kopf.

„Wenn wir einen Schifferknoten machen, dann schon. Der zieht sich unter Zug noch mehr zusammen und geht keinesfalls auf. Ricky, halte Diabolo, und Jux, du kommst zu mir! Ich sag dir, wie du knoten musst. Kann's selber leider nicht machen mit dem verfluchten Arm."

Kurz darauf führte Ricky ihren Rappen auf die andere Seite der Kutsche, und mit klopfendem Herzen hörte sie die Worte, die Lars noch zu Lilian sagte:

„Mädel, es wird vielleicht gleich noch einmal weh tun, wenn wir versuchen die Kutsche anzuheben, aber dann hast du das Schlimmste überstanden." Wie falsch er mit dieser Aussage liegen würde, ahnte in diesem Augenblick noch keiner.

Die Gräfin hatte das Haus verlassen und ihre Leute zusammengetrommelt. Auch ihre anwesenden Feriengäste waren im Hof erschienen und erboten sich alle an der Suche nach den verschollenen Reitern und der Kutsche teilzunehmen, doch so einfach ging das auch wieder nicht.

Letztendlich schickte sie nur Marius mit zwei Begleitern und Kuno mit einem Beifahrer los.

„Gwen war unterwegs zum Biohof, also müssten die Reiter dort irgendwo im Umkreis zu finden sein. Ich schlage vor, dass Kuno dort die Reitwege abklappert und auch den umliegenden Wald. Sollte euch der Förster anhalten, erzählt ihm, was geschehen ist, dann lässt er euch mit dem Wagen schon durchfahren. Leider habe ich keinen blassen

Schimmer, wohin Lars mit der Kutsche fahren wollte. Er könnte also im Prinzip überall sein!"

„Beim Einfahren ist er meistens irgendwo bei der Mühle unterwegs", warf Marius ein.

Die Gräfin nickte. „Gut, dann fahr du in diese Richtung. Stan und ich werden mit dem Jeep überall dort nachschauen, wo ihr mit den normalen Autos nicht hinkommt." Sie wandte sich an William. „William, du wirst in mein Büro gehen und dich dort keinen Zentimeter von der Stelle rühren! Schalte das Funkgerät ein und achte auf das Telefon! Sobald wir fündig geworden sind, werden wir dir Bescheid geben."

Während sie mit ihren Angestellten sprach, war die Gräfin in das vertraute Du gefallen, wie immer, wenn sie hektisch Anweisungen erteilte. Wenn William ansonsten auch dazu neigte, sie darauf hinzuweisen, unterließ er es heute. Es war schließlich mehr als verständlich, dass die Gräfin im Augenblick mit ihren Gedanken ganz woanders als bei der Höflichkeit war.

„Noch irgendwelche Fragen?"

Stummes Kopfschütteln.

„Dann mal los! Denkt daran, die Verstärker der Funkgeräte einzuschalten, sonst haben wir keine Chance in Verbindung zu bleiben!"

Während William noch für ein paar Sekunden den Aufbruch der Suchtrupps verfolgte, klingelte das Telefon in Eleonores Büro ununterbrochen, ohne dass es irgendjemand bemerkte.

„Warum geht denn da keiner ran?", stöhnte Judith, während sie vor Nervosität nicht still stehen konnte. Da hatte sie nun endlich einen Hof gefunden, wo sie telefonieren durfte, und jetzt meldete sich keiner. Das war doch nicht zu fassen!

„Und jetzt?“ Wohl schon zum zwanzigsten Mal tippten ihre Finger die Nummer des Gestüts ein.

Klara Weitner, die Bäuerin des Hofs, kam zur Tür herein. „Na, keiner zu Hause?“, fragte sie mitfühlend.

„Ich werd noch wahnsinnig!“, antwortete Judith kopfschüttelnd.

„Dann wird es das Beste sein, wir stellen dein Pferd in unseren Stall, und ich fahre dich zum Gestüt.“

Judith legte das Telefon zur Seite. „Wenn Sie das tun könnten“, meinte sie aufatmend. „Das wäre wirklich sehr nett von Ihnen!“

Frau Weitner nickte. „Kein Problem. Das ist ja nun wirklich ein Notfall, so, wie du mir alles geschildert hast!“

„Allerdings!“

„Also gut, dann komm! Lass uns keine Zeit verlieren“, sagte sie, und schon waren die beiden auf dem Weg nach draußen.

Kuno und Marius waren mit ihren Begleitern bereits unterwegs, während die Gräfin selbst noch zehn Minuten von ihrem Hausangestellten Watson aufgehalten worden war, der sie mit seinen „guten Ratschlägen“ fast zur Verzweiflung gebracht hatte.

„Jetzt aber los!“, trieb sie Stan an, der geduldig auf sie gewartet hatte.

„Aye-aye, Käpt’n!“, sagte er und gab Gas.

Sie waren noch nicht weit gefahren, als der Mann scharf auf die Bremse trat und auf den nahen Waldrand deutete.

„Sind das Reiter vom Gestüt?“, fragte er, und Eleonore kniff die Augen zusammen, um besser sehen zu können.

„Ich kann es nicht genau erkennen.“

„Zwei Reiter und ein Handpferd!“, sagte Stan.

„Hmm, dann können sie es eigentlich nicht sein“, meinte die Gräfin, doch dann klopfte sie ihm auf die Schulter. „Fahren Sie trotzdem mal hin!“

„Okay!“ Stan lenkte den Jeep vorsichtig über den holperigen Wiesenweg, und je näher sie den Reitern kamen, um so blasser wurde Eleonore.

„Verdammt!“, rutschte es ihr heiser heraus. „Das Handpferd ist Mescalito ... eines der Kutschpferde!“

Gwen saß noch immer teilnahmslos an Saladins Seite, während Lissi verzweifelt versuchte sie dazu zu überreden, sich von dem toten Pferd zu entfernen. Doch das Mädchen ignorierte stumm die Reiterfreundin.

In Gedanken zogen die vergangenen Jahre an ihr vorüber. Die Geburt des kleinen Saladin, die vielen Tage und Nächte des Bangens, ob er durchkommen würde, während sie bei ihm ausgeharrt und ihn mit der Flasche gefüttert hatte. Dann die Jahre der Unbeschwertheit, in denen er mit den anderen Junghengsten des Gestüts über unendlich weite Koppeln gejagt war und mit kraftvollen Bocksprüngen seiner Lebensfreude Ausdruck verliehen hatte. Und schließlich das Anlongieren und Einfahren, mit dem Lars erst vor ein paar Wochen begonnen hatte.

Saladin war so ein prachtvolles, gelehriges und überaus sensibles Pferd und für Gwen etwas ganz Besonderes gewesen. Und jetzt ... jetzt war er tot. Einfach so, mitten aus seinem blühenden Leben gerissen, durch einen blöden Unfall.

Gwen musste an Lars denken, und sie konnte nicht dagegen an, dass in ihr Wut gegen ihn aufkam. Er war schuld! Er hatte nicht gut genug auf Saladin aufgepasst. Das würde sie ihm nie verzeihen. Niemals!

In ihrer Trauer um das Pferd war Gwen nicht mehr sie selbst. Sie wollte sich einfach nicht daran erinnern, dass Lars ein erfahrener und äußerst vorausschauender Kutscher war, wollte nicht daran denken, dass ihm das Wohl der ihm anvertrauten Pferde das höchste Gut war. Nein ... Sie musste einen Schuldigen benennen, denn sonst würde sie niemals mit dieser Situation klarkommen. Zu schrecklich war es gewesen, den Tod Saladins mitzuerleben.

Lissi gab ihre Bemühungen auf und trat seufzend mit Black Jack und Mijou ein paar Meter zurück, zumal die Tiere in Saladins Nähe immer unruhiger wurden. Es würde ihr nichts weiter übrig bleiben, als auszuharren, bis Hilfe vom Gestüt eintreffen würde.

Hoffentlich kommt bald jemand, dachte Gwen. Ich halte das nicht mehr lange aus!

Die Lederzügel waren direkt über Lilians Bein an der Kutsche befestigt worden, dann liefen sie weiter über die Oberseite des Gefährts. Somit sollte gewährleistet sein, dass sich die Kutsche auch wirklich anheben und nicht nur verrutschen würde, wenn Diabolo anzog. Lars hatte die Deichsel ein weiteres Mal als Hebel angesetzt, ebenfalls direkt neben Lilians Bein, und hoffte darauf, dass er damit Diabolo Zug etwas unterstützen konnte.

Jux sah mit Bangen auf Lilian, aber auch auf Lars, der sich immer öfter den Schweiß von der Stirn wischte und recht unsicher auf seinen Füßen zu stehen schien.

„Kannst du noch?“, fragte sie ihn leise.

„Nicht mehr lange“, gab er ungern zu, ehe er seine gesunde Hand wieder auf die Deichsel legte. „Los jetzt! Jux, gleiches Spiel wie vorhin! Ricky, bist du so weit?“

„Ja!“, rief sie und ließ Diabolo einen Schritt nach vorne treten, bis die Zügel gestrafft waren.

„Also gut, dann lass ihn anziehen!“

Ricky strich ihrem Rappen noch einmal über den Hals und schaute ihn beschwörend an. „Mein Guter, ich hoffe, du weißt, worum es geht. Ich weiß, dass du das Ding hochziehen kannst. Also enttäusch mich jetzt nicht, ja?"

Diabolo spielte mit den Ohren und hörte seiner zweibeinigen Freundin aufmerksam zu, während er sie mit seinen klugen Augen ansah. Spielerisch stupste er sie an, und Ricky drückte ihm einen raschen Kuss auf die samtweichen Nüstern. Dann trat sie zurück und ruckte an den Zügeln.

„Es geht los!", rief sie, und dann zu Diabolo etwas leiser. „Komm, Diabolo, vorwärts! Zieh an! Komm, zieh an!"

Der Rappe machte einen Schritt nach vorne und blieb dann jedoch verdutzt stehen. Was war denn das auf einmal? Irgendetwas hinderte ihn daran, weiterzugehen.

„Na los, komm schon, komm schon!", befahl Ricky weiter, und weil das Pferd nicht gleich reagierte, wurde ihre Stimme etwas schärfer. „VORWÄRTS!"

Diabolo zuckte zusammen, doch dann zog er mit all seiner Kraft an.

„Weiter, weiter, weiter!", rief Lars.

Die Kutsche schien sich erst nur millimeterweise zu bewegen, dann plötzlich waren etwa fünf Zentimeter Luft zu Lilians Bein, und fast schon wollte Lars triumphieren, als Diabolo ein wenig rutschte, und die Kutsche, trotz Hebel, in ihre Ausgangsposition zurückfiel.

Lilian schrie auf und verlor endgültig das Bewusstsein.

Jetzt spürt sie wenigstens nichts mehr, dachte Jux, die vor lauter Aufregung nur noch zitterte.

„Weiter, Ricky! Noch einmal! Jetzt muss es einfach klappen! Hörst du? Es muss!", rief Lars, und als wenn Diabolo verstanden hätte, was er gesagt hatte, legte er noch einmal seine geballte Kraft in die Riemen, und ging langsam, aber stetig zwei, dann drei Schritte voran.

„Zieh, Jux! Schnell! Zieh, zieh, zieh!!", schrie Lars, und drei Sekunden später: „Diabolo zurück! Lilian ist frei!

Im selben Augenblick krachte die Kutsche wieder zu Boden.

„Super, mein Guter! Du bist prima! Einsame Spitze!“, lobte Ricky ihr Pferd überschwänglich. Dann wurde es still, doch war es keine Stille der Erleichterung, sondern lähmendes Entsetzens, das sich unter den jungen Leuten breitmachte.

„Oh mein Gott“, flüsterte Jux, während sie auf Lilians Bein starrte. Dann hielt sie die Hand vor ihren Mund und rannte ein paar Meter weiter, wo sie sich erbrach.

Als sie schreckensbleich zurückkam, versuchte Lars gerade mit einem Messer die Lederriemen durchzusäbeln.

Mit zitternden Händen nahm sie ihm das Messer ab.

„Lass mich machen und setz dich hin! Du bist ja total fertig.“

Dankbar schaute der junge Mann das Mädchen an und sackte in die Knie. Ihm war mindestens genauso schlecht wie Jux.

Als Diabolo von seinem Pseudo-Geschirr befreit war, führte Ricky ihn rasch zurück zu Imola, die ihn erfreut begrüßte, und kniete keine Minute später neben Lilian.

Lars war mittlerweile nicht nur körperlich sondern auch psychisch völlig am Ende. Er brachte nur noch hervor: „Hilfe ... ihr müsst ... Hilfe holen!“, dann versagten seine Nerven und er weinte still vor sich hin.

Jux brach dieser Anblick fast das Herz; sie kniete sich neben Lars und nahm ihn in die Arme.

„Es ... es wird alles gut, Lars! Wir, also ... Ricky und ich ... wir kriegen das schon auf die Reihe. Nicht wahr, Ricky?“ Angstvoll schaute sie zu ihr hinüber und hoffte auf Zustimmung.

Ricky nickte, schloss für einen kurzen Moment die Augen, um Kraft zu sammeln, dann stand sie entschlossen auf.

„Du bleibst hier! Kümmere dich um Lilian! Sie ist schlimmer dran als Lars. Ich reite mit Diabolo los und hole Hilfe."

Jux nickte hektisch. „Aber bitte, beeil dich, Ricky! Ich ... ich hab keine Ahnung, was ich tun soll."

„Ich tu mein Bestes." Ricky spurtete los und zog gleich darauf mit zitternden Händen Diabolos Sattelgurt an. Im Gegensatz zu sonst, benötigte sie drei Anläufe, um ihren bebenden Fuß in den Steigbügel zu stellen und aufzusteigen. Sie war hypernervös und hantierte viel zu fahrig mit den Zügeln.

Diabolo schnaubte empört, doch dann fühlte er, dass Ricky kaum fähig dazu war, ihm klare Hilfen zu geben. Er würde sich mächtig anstrengen müssen, um zu erkennen, was seine Reiterin von ihm wollte, und vor allen Dingen, wohin sie wollte.

Auf dem Weg trieb Ricky ihr Pferd sofort zum Galopp an. „Lauf, Diabolo ... lauf so schnell du kannst!", schrie sie ihm über die flatternde Mähne hinweg zu, während seine Beine immer weiter ausgriffen und er den Weg entlangdonnerte wie ein Rennpferd über die Bahn. Er wurde immer schneller und schneller; Rickys Augen begannen zu tränen und sie konnte kaum mehr klar sehen.

Der Anblick von Saladin und der ohnmächtigen Lilian vermischten sich in Rickys Gedanken und verursachten in ihr mehr Angst, als sie je vorher in ihrem Leben verspürt hatte. Sie fühlte, wie ihre Knie weich wurden und sie völlig unsicher wurde. Panisch verkrallte sie die Finger in Diabolos dichter Mähne und legte sich fast über seinen Hals.

„Bitte, bring uns heil nach Hause!", schrie sie ihm zu. „Und bitte beeil dich! Du musst laufen wie niemals vorher in deinem Leben! Du musst schneller sein als der Wind! Saladin ist tot, aber Lilian ... Lilli muss leben! Hörst du?

Lauf, mein Diabolo, lauf ..." Und Diabolo streckte sich noch mehr, sodass seine Hufe kaum mehr den Boden berührten. Wie Pegasus durch Zeit und Raum flog er dahin, und während Diabolos Kraft mit jedem Galoppsprung stetig zu wachsen schien, fühlte sich Ricky im Sattel immer kleiner.

Bald hatte Ricky jegliches Zeitgefühl verloren. Sie hatte keine Ahnung, wie lange sie bereits unterwegs war, doch als sie irgendwann Marius' kleines Auto an einem Wiesenrand stehen sah, stieß sie einen Schrei der Erleichterung aus. Er würde helfen! Würde ihr einen Teil der Verantwortung abnehmen. Er würde dafür sorgen, dass ...

„Marius!", schrie Ricky schon von Weitem, als sie den Mann mit einem der Gestütsgäste um das Auto herum laufen sah. „Marius! Hilfeee!"

Noch ein paar Meter, dann parierte sie Diabolo so scharf durch, dass sie fast aus dem Sattel katapultiert wurde.

„Ho-hooo!" Marius sprang sofort hinzu und griff in die Zügel des schwer atmenden, flockenden Rappen.

„Ricky!"

„Die Kutsche", keuchte Ricky völlig außer Atem. „Umgekippt. Lilian war drunter. Das Bein ... es sieht grässlich aus! Lars' Arm ... ausgekugelt. Saladin ist tot, du musst ... musst Hilfe holen!" Sie brachte keinen zusammenhängenden Satz heraus.

„Wie?" Marius schaute sie entsetzt an und benötigte ein paar Sekunden, um zu verstehen, was er da gehört hatte.

„Bitte! Einen Arzt! Wir brauchen einen Arzt! Sofort!", schrie Ricky fast schon hysterisch, während sie kraftlos aus dem Sattel glitt und sich zitternd gegen Diabolo lehnte.

„Verdammt!" Marius wirbelte herum und versetzte seinem Auto einen gewaltigen Tritt. Dann klemmte er sich hinter das Lenkrad und griff nach dem Funkgerät, während die beiden anderen Erwachsenen sich nur fassungslos anschauten. So gerne sie helfen würden, es war nicht möglich, zu den Unfallopfern zu fahren ... Marius' Auto war der Sprit ausgegangen.

Mit banger Miene beobachtete Ricky den jungen Stallhelfer, der wie wild an allen möglichen Knöpfen drehte. Schließlich schleuderte er das Mikrofon des Funkgeräts gegen das Armaturenbrett und schlug hilflos mit der flachen Hand auf das Lenkrad.

Dann stieg Marius aus und starrte zu den anderen hinüber. „Das Drecksding geht nicht mehr! Wenn man es wirklich einmal braucht, dann funktioniert es nicht!"

Ricky brach fast zusammen.

All ihre Hoffnungen erstarben, und mit letzter Kraft zog sie sich wieder auf Diabolos Rücken.

„Gebe Gott, dass es nicht zu spät ist, bis ich jemanden finde, der helfen kann", flüsterte sie leise, dann schoss Diabolo erneut davon.

Kapitel 6

Langsam rollte der Jeep aus und die Gräfin sprang heraus. Einerseits waren Marc und Kathi unglaublich froh darüber sie zu sehen, doch andererseits war jetzt der Moment der Wahrheit gekommen. Sie mussten Eleonore sagen, was passiert war.

„Wo, in drei Teufels Namen, kommt ihr her? Wo sind die anderen? Wieso habt ihr Mescalito dabei? Wo ist Saladin, und was ist mit der Kutsche passiert?“ Die Stimme von Gwendolys Großmutter überschlug sich fast, während sie die beiden Kids mit ihren Fragen bombardierte.

Marc und Kathi wechselten einen schnellen Blick, und dem Jungen war klar, dass es an ihm hängenbleiben würde, der Gräfin alles beizubringen.

„Nun redet doch schon!“ Eleonores Blick fixierte die Reiter ernst.

„Es ... gab wahrscheinlich einen Unfall mit der Kutsche. Das wissen wir aber nicht so genau. Jedenfalls waren wir auf dem Rückweg vom Biohof, als wir Saladin und Mescalito frei durch die Gegend galoppieren gesehen haben.“ Marc hielt inne um Luft zu holen und Kraft zu schöpfen für seinen nächsten Satz.

„Und dann?“ Die Gräfin fühlte, wie ihre Knie weich wurden. Sie ahnte, dass etwas Schreckliches passiert scin musste.

Marc schluckte. „Wir ... wir sind den beiden Pferden dann hinterhergeritten, haben gehofft, dass wir sie vielleicht stoppen könnten, aber sie waren zu weit weg. Saladin ist plötzlich gestolpert und ist ... gestürzt. Irgendwie kam er dann nicht mehr hoch und Mescalito ... ich hab keine Ahnung, aber es sah so, als wenn er auf ihn drauf getreten ist ...“

„Und?“

„Also ...“ Marc blickte hilfesuchend zu Kathi.

„Er war schon tot, als wir bei ihm ankamen“, sagte Kathi leise, während ihr schon wieder die Tränen über die Wangen liefen.

Die Gräfin taumelte für einen Moment und krallte ihre Hand in Stans Arm. „Mein Gott ...“, brachte sie tonlos heraus, während sie versuchte, ihre sich überschlagenden Gedanken und Gefühle wieder in den Griff zu bekommen.

Ihre Augen glitzerten verdächtig, und sie räusperte sich umständlich. „Wo ... wo sind die anderen? Wo ist Gwen?“

„Ich glaube, Gwen hat einen Schock. Lissi ist bei ihr geblieben. Judith wollte zum Biohof zurückreiten und auf dem Gestüt anrufen, Ricky und Jux sind losgezogen, um die Kutsche mit Lars und Lilian zu suchen.“

„Wo liegt ... Saladin?“

Marc beschrieb die Gegend, und Eleonore wusste gleich Bescheid.

„Ich weiß, wo das ist. Und habt ihr eine Ahnung, wo Lars hingefahren sein könnte?“

„Richtung Mühle.“

Die Gräfin nickte und trat für einen Moment zur Seite, um sich zu sammeln. Der Tod von Saladin hatte sie zutiefst getroffen, doch sie zwang sich nun dazu, stark zu sein. Da waren so viele andere Dinge, die noch geregelt werden mussten, und immer wieder die Angst, was aus Lars und Lilian geworden war. Nein! Sie durfte nicht weiter an Saladin denken. Ihm konnte sie nicht mehr helfen. Abrupt wandte sie sich um.

„Gut. Ihr beide bringt Mescalito zurück und bleibt dann auf dem Gestüt! Hört ihr?! Ihr bleibt dort!“

„Okay!“ Marc nickt Kathi zu. „Komm!“, sagte er, und ließ Sharazan antreten.

Stan trat unbehaglich von einem Bein aufs andere.

„Das ... das ist eine ganz furchtbare Geschichte. Es tut mir so leid für Sie!“

Die Gräfin nickte wieder. „Keine Zeit für Beileidsbekundungen!“, sagte sie harscher, als sie es eigentlich wollte, doch es war Stan klar, dass dieser Ton gespielt war und die Gräfin nur so verhindern konnte, ihre Fassung zu verlieren.

„Zurück zum Wagen! Ich muss Kuno, Marius und William anfunken. Und dann fahren wir sofort zu Gwen!“

Kuno war sofort durchgestartet, nachdem ihm die Gräfin mit knappen Worten berichtet hatte, was geschehen war.

Er umklammerte das Lenkrad und näherte sich unaufhaltsam der Wiese, auf der Saladin liegen musste. Kein Wort kam während der gesamten Strecke über seine Lippen, und er war dankbar dafür, dass ihn seine Begleitung auch nicht ansprach. Es schien ihm schier unglaublich, dass es Saladin nicht mehr geben sollte.

Schon viele Pferde hatte er im Laufe seines Lebens als Stallhelfer sterben sehen, doch es berührte ihn jedes Mal aufs Neue im Innersten seines Herzens, wenn eines der Tiere, die er lieb gewonnen hatte, gehen musste. Noch schlimmer empfand er es, wenn es auf eine tragische Art und Weise seinen letzten Weg antreten musste.

Dann dachte er an Lars, der zu all seinen Kutschpferden immer ein ganz besonderes Verhältnis hatte ... Wie musste er sich jetzt bloß fühlen? Wusste er das mit Saladin überhaupt schon?

Kuno hatte keine Zeit mehr, weiter darüber nachzudenken, denn er hatte sein trauriges Ziel erreicht.

Schon von Weitem sah er Lissi mit Black Jack und Mijou ein wenig abseits von Saladin stehen. Die am Boden kauernde Gwen konnte er erst auf den zweiten Blick erkennen. Bei ihrem Anblick zog sich sein Herz schmerzhaft zusammen.

Lissi lehnte sich dankbar gegen Mijou, als Kuno aus dem Auto sprang.

„Dem Himmel sei Dank, dass du da bist!“, raunte sie ihm zu. „Ich glaube, ich hätte diese Situation keine Minute länger mehr ausgehalten!“

Kuno legte ihr für eine Sekunde die Hand auf die Schulter und drückte sie, dann lief er zu Gwen hinüber.

Scharf sog er die Luft ein, nachdem er einen Blick auf Saladin geworfen hatte, und er fragte sich, woher das Mädchen die Kraft nahm, diesen Anblick noch länger zu ertragen. Kunos Beifahrer hatte sich jedenfalls schon im ersten Moment wieder entsetzt abgewandt.

Kuno umfasste sanft Gwens Schultern und zog sie auf die Füße. Langsam drehte er sie zu sich um und schaute sie an. Ihre Augen hatten jeglichen Glanz verloren und starrten nun leer durch ihn hindurch.

„Komm“, sagte er und versuchte, seiner bebenden Stimme einen beruhigenden Klang zu geben. „Lass uns gehen!“

Gwen schüttelte wie in Zeitlupe ihren Kopf.

„Du hast lange genug bei ihm gewacht. Er ... Er würde wollen, dass du ihn so in Erinnerung behältst, wie er war.“ Kuno schluckte ergriffen.

Gwen hob müde ihre verweinten Augen. „Warum?“, fragte sie nur, dann schaute sie ein letztes Mal zurück und ließ zu, dass Kuno sie zum Auto führte und auf die Rückbank setzte.

„Bitte passen Sie auf das Mädel auf!“, bat er seinen Begleiter und lief zurück zu Lissi.

„Kannst du mit einem Handpferd reiten?“, fragte er.

Sie schüttelte den Kopf.

„Mist! Dann haben wir jetzt ein Problem.“ Kuno überlegte krampfhaft. Er musste möglichst rasch eine Lösung finden, damit Lissi und die beiden Pferde wieder zurück auf das Gestüt kamen.

Während er noch darüber nachdachte, holperte Hüsselers Jeep heran, und gleich darauf hastete die Gräfin zu ihrer Enkelin und schloss sie in die Arme.

„Kind ... Kind ...“, flüsterte sie besorgt, doch Gwen sah sie nur ausdruckslos an.

„Es geht mir gut, Omilein“, brachte sie ganz langsam mit schwacher Stimme hervor. „Wirklich ...“

Eleonore hatte jetzt alle Mühe, ihre Fassung zu bewahren, dann drückte sie Gwen noch einmal sanft an sich und zwang sich zu Saladin hinüberzugehen.

So wie Kuno musste sie bei dem Anblick erst einmal tief durchatmen, dann wandte sie sich an ihren Stallhelfer. „Ich ... Ich werde William anfunken, damit er den Abdecker herbestellt. Reite du Black Jack zurück. Du bist eh der Einzige den er außer Gwen in seinem Sattel duldet. Ich fahre Gwen nach Hause.“

„Okay!“

Eleonore trat an Lissi heran. „Tausend Dank dafür, dass du bei Gwen ausgehalten hast! Das war sicherlich nicht einfach für dich.“

Lissi senkte ihren Blick. „Schon gut“, sagte sie leise. Doch sie fragte sich, ob sie nach diesem grauenvollen Erlebnis überhaupt jemals wieder würde lachen und unbefangen sein könnte.

Fast zeitgleich mit der Gräfin traf Klara Weitner mit der hypernervösen Judith auf dem Gestüt ein. Marc und Kathi blickten mit angespannter Miene ihrer Freundin Gwen entgegen.

Als Judith aus dem Auto der Bäuerin sprang, überkam sie ein großes Gefühl der Erleichterung. Die Gräfin wusste also Bescheid, und Gwen war auch schon wieder hier! Rasch lief sie zu Marc und Kathi hinüber, die sie erschrocken anschauten.

„Wo ist Aida?“

Judith deutete über die Schulter zurück. „Die steht wohlbehalten bei Weitners im Stall. Frau Weitner war so nett, mich hierher zu fahren, damit es schneller geht. Ich hatte mich nämlich total verfranst“, gab sie zu. „Wo sind die anderen?“

Kathi zuckte mit den Achseln. „Noch nicht hier.“

„Oh“, machte Judith und hörte dann, wie Frau Weitner der Gräfin versicherte, dass Aida bei bester Gesundheit auf ihrem Hof stehen würde.

„Vielen Dank erst mal für alles! Ich werde das Pferd gleich abholen lassen“, gab Eleonore in aller Eile zurück, den Arm um ihre apathische Enkelin gelegt. „Bitte verzeihen Sie, aber ich muss mich jetzt um Gwendolyn kümmern.“

Klara Weitner hob beide Hände. „Kein Thema! Ich wünsche Ihnen alles Gute!“ Dann ging sie zurück zu ihrem Auto. Sie wollte so rasch wie möglich wieder nach Hause fahren.

Lars war vor Erschöpfung eingenickt, und während er im Schlaf leise stöhnte, saß Jux an Lilians Seite. Vorsichtig hielt sie die Hand der ehemaligen Freundin und schaute sie still an.

Tausend Gedanken gingen ihr dabei durch den Kopf, tausend Fragen, die sie sich stellte und ebenso viele Antworten, die sie sich gab, als sie mit sich selbst ins Gericht ging.

Was hatte sie in den vergangenen Jahren für einen Hass, für eine unendliche Wut auf Ricky, Lilian und auf die beiden anderen aufgebaut, sich immer weiter darin verstrickt, und es hatte so manche Momente gegeben, wo sie ihnen die Pest an den Hals gewünscht hätte. Doch jetzt, wo Lilian so vor ihr lag, war ihr nur noch zum Heulen zumute, und alle Wut war verraucht. Sie hatte mit Ricky mitgeholfen, Lilian zu befreien, und nun saß sie da und wünschte sich nichts sehnlicher, als dass Lilian die Augen aufschlagen und gesund sein würde.

Unendliche Gewissensbisse plagten Jux, wenn sie an ihre üblen Gedanken dachte, die sie noch vor wenigen Stunden in Bezug auf Lilian hatte. Wie eifersüchtig war sie gewesen, als sie erfahren hatte, dass das Mädchen mit Lars zum Kutschefahren gehen würde, und wie bitterlich bereute sie all das, was sie an geheimen Verwünschungen ausgesprochen hatte.

„Es tut mir so leid, Lili", flüsterte sie heiser, während ihre Tränen auf Lilians bleiche, schlaffe Hand tropften. „Bitte verzeih mir ... Ich ... Du musst gesund werden, verstehst du? Und du musst aufwachen! Bitte, Lili! Wenn du mich hörst, dann mach die Augen auf! " Eindringlich redete Jux auf Lilian ein, doch alles Flehen half nichts ... Lilians Bewusstsein blieb im Dunkeln.

Ricky wusste, dass sie von Diabolo das Letzte abverlangte. Sie gönnte ihm nur kurze Strecken der Erholung und ließ ihn dann erneut weitergaloppieren.

Sie hatte nur ein Ziel, und das war so schnell wie nur irgendwie möglich das Gestüt zu erreichen. Nur von dort aus war es möglich, Hilfe zu organisieren, zumal auf ihrer Strecke kein Hof in der Nähe war, an dem sie hätte anhalten können.

Unermüdlich und kraftvoll setzte Diabolo ein Huf vor den anderen, lediglich seine Geschwindigkeit war ein wenig geringer geworden.

Ricky war es gar nicht wohl bei dem Gedanken, dass sie ihr Pferd auf diesem Ritt womöglich überforderte, aber noch größer war ihre Angst davor, dass Lilian den Unfall nicht überleben würde. Sie hatte so schrecklich ausgesehen, so bleich, irgendwie so ... anders.

Diabolo würde schlimmstenfalls nach ein paar Tagen der Ruhe wieder der Alte sein, aber Lilian?

Ricky lief es eiskalt den Rücken hinunter, wenn sie an ihre Freundin dachte. Jux war wirklich nicht zu beneiden, denn die musste sozusagen tatenlos dasitzen und darauf warten, dass jemand zu Hilfe kommen würde. Sie, Ricky, konnte zumindest etwas tun, und wenn auch nur wie eine Gestörte auf ihrem Pferd durch das Gelände zu rasen.

Diabolo hatte das Gestüt fast erreicht, und Ricky hätte nicht in Worte fassen können, was für ein unendliches Gefühl der Dankbarkeit sie in diesem Moment für ihr Pferd hegte.

Es war unglaublich, welche Kraftreserven in diesem herrlichen Tier steckten, und welche Leistung es auf diesem scharfen, langen Ritt erbracht hatte.

Ricky fiel fast aus dem Sattel, als Diabolo auf den Hof preschte und vor der Haustür des Haupthauses eine Vollbremsung hinlegte.

Marc und Kathi, die vor dem Stall saßen, sprangen aufgeregt hoch und kamen angerannt.

„Wo ist die Gräfin?“, rief Ricky und warf ihrem Freund Diabolos Zügel hin. „Bitte kümmere dich um ihn!“

„Sie ist ...“, setzte Kathi zu einer Antwort an, doch Ricky war schon hinter der Tür verschwunden.

Marc sah erschrocken auf Diabolo, dessen Beine wie Espenlaub zitterten, und dessen Atem stoßweise durch die weit geblähten Nüstern rasselte.

„Um Himmels Willen ...“, sagte er leise, und während Kathi den Sattelgurt löste und davonrannte, um eine Abschwitzdecke zu holen, führte Marc das erschöpfte Tier in langsamem Schritt hin und her.

„Du Armer“, flüsterte er voller Mitgefühl, während er ihm über seinen schweißnassen Hals strich. „Sie hat dich ganz schön gejagt, nicht wahr? Aber ich bin mir hundertprozentig sicher, dass sie das nicht ohne Grund getan hat. Ach Mensch, Schwarzer, warum kannst du nicht reden? Dann könntest du mir jetzt erzählen, was vorgefallen ist.“

Keine fünf Minuten später, kamen Ricky, die Gräfin und William aus dem Haus gestürzt und rannten zum Pferdetransporter hinüber, der neben dem Hengststall stand. Kurz darauf fuhren sie mit aufröhrendem Motor vom Hof.

Marc und Kathi schauten ihnen mit großen Augen und offenem Mund hinterher.

„Weißt du was?“, meinte Marc. „Den Gesichtern nach zu urteilen, ist da etwas ganz Übles passiert.“

Kathi nickte betroffen. „Ich habe auch ein ganz schlechtes Gefühl im Bauch“, sagte sie betreten, während sie mit Marc und Diabolo Runde um Runde lief, bis sich der Atem des Pferdes langsam wieder normalisierte.

Es verging nicht allzu viel Zeit, als ihre Gedanken durch ein lautes Knattern unterbrochen wurden, und mit bangem Blick schauten sie zum Himmel empor, wo ein Rot-Kreuz-Hubschrauber über das Gestüt hinwegfegte.

„O-ooh“, machte Kathi, und Marc biss sich so auf die Zähne, dass sich seine Wangenmuskulatur abzeichnete.

„Das bedeutet nichts Gutes“, mutmaßte er, dann versanken beide wieder in tiefes, betroffenes Schweigen. Sie hatten es im Gefühl, dass der Hubschrauber zur Kutsche fliegen würde.

Nach gut einer Dreiviertelstunde war Diabolo so weit, dass sie ihn in den Stall bringen und versorgen konnten.

Als es nichts mehr zu tun gab, liefen sie ins Haus, um sich bei Anna, die das Mädchen in ihre Obhut genommen hatte, nach Gwens Befinden zu erkundigen.

Eleonore hatte darauf bestanden, dass sie sich nach ihrer Rückkehr sofort hinlegte, und seither saß Anna mit sorgenvoller Miene an ihrem Bett.

Marc hatte leise die Tür geöffnet und den Kopf hereingesteckt. „Wie geht es ihr?“, fragte er wispernd.

Anna zuckte mit den Schultern. „Sie schläft. Die Gräfin hat ihr ein Beruhigungsmittel gegeben.“

Marc nickte, dann zog er die Tür wieder vorsichtig ins Schloss. Unruhig schaute er auf die Uhr. Wie lange es wohl dauern würde, bis Ricky wieder hier sein würde?

„Kuno und Lissi kommen zurück!“ Judith, die die Rückkehr der beiden Reiter von ihrem Zimmerfenster aus verfolgt hatte, sprang mit drei Sätzen die Treppe hinunter und rannte zur Tür. Kathi und Marc natürlich gleich hinterher.

Lissi war ziemlich einsilbig, als sie von Mijou abstieg.

„Schon was Neues von Lars und Lilian?“, wollte Kuno wissen, doch Rickys Freunde schüttelten nur stumm den Kopf.

Außer, dass die Gräfin mit Ricky und William im Pferdetransporter losgefahren waren, gab es nichts zu berichten.

„Habt ihr den Hubschrauber gesehen?“, fragte Marc, und Kuno nickte ernst.

„Er ist in Richtung Mühle geflogen.“

Marc und Kathi schauten sich an. Sah ganz so aus, als würden sie mit ihren Vorahnungen recht behalten.

„Ich hab Angst“, flüsterte Kathi und griff nach Marcs Arm.

„Ich auch ...“

Nachdem Ricky den genauen Unfallort beschrieben hatte, hatte die Gräfin umgehend einen Notarzt geordert, und danach waren sie zusammen losgefahren.

Ricky hatte darauf bestanden, noch einmal mitzufahren. Lilian war ihre Freundin, und sie musste unbedingt wissen, wie es um sie stand. Außerdem war Jux dort ...

Während das Mädchen nun schweigend und mit klopfendem Herzen auf der Rückbank des Transporters saß, erlebte sie in Gedanken noch einmal alles, was in den vergangenen Stunden geschehen war.

Die Freude auf den Ausritt und das geplante Grillfest, Jux’ Ankündigung nach Hause fahren zu wollen, dann Saladins Sturz, die Suche nach der Kutsche, die schrecklichen Momente, bis sie Lilian befreit hatten, und Jux, die zu diesem Zeitpunkt wieder genauso war, wie sie sie von früher kannte. Im Augenblick konnte sich Ricky nicht vorstellen, dass sie und Jux sich jemals wieder streiten würden, nach allem, was sie heute miteinander erlebt hatten.

Plötzlich hatte Ricky einen Gedanken, der sich in ihr festsetzte:

Ob dieses schreckliche Geschehen heute hatte sein müssen, damit sie alle daraus lernen würden, das wirklich Wichtige im Leben zu erkennen?

Aber was war wichtig?

Ricky begann zu grübeln. Freundschaft? In schlechten Zeiten zusammenzuhalten? Sich beizustehen und gegenseitig Kraft zu geben?

Tief atmete sie durch und schloss die Augen.

Wenn dieser Tag doch nur schon vorüber wäre, dachte sie und zuckte zusammen, als sie die Gräfin nervös zu William sagen hörte: „Dort vorne ist es! Halt an!“

Die Stunde der Wahrheit!, schoss es Ricky durch den Kopf und augenblicklich war ihre Übelkeit wieder da.

Von weitem hörte sie das Knattern des Hubschraubers näher kommen.

Mit raschen Schritten liefen Eleonore, William und Ricky zu der Kutsche herüber. Dem Mädchen blieb die tiefe Betroffenheit und das Erschrecken der beiden Erwachsenen nicht verborgen, als sie Lilian und Lars erblickten.

William, der absolut kein Blut sehen konnte, kniete sich sofort neben Lars nieder. „Kumpel, was macht ihr nur für Sachen!“, sagte er mitfühlend und legte ihm beruhigend die Hand auf die Schulter. „Hilfe ist schon unterwegs. Der Arzt müsste jeden Moment hier sein.“

Lars nickte schwach. „Das ist gut ... Der Düsenjäger war schuld ... Wo sind die Pferde?“

William biss sich auf die Lippen. Er brachte es einfach nicht übers Herz, Lars die Wahrheit über Saladin zu sagen, und so schwieg er.

Die Gräfin saß neben Lilian und schaute sie sorgenvoll an. Das Bein sah wirklich schlimm aus.

Jux streichelte noch immer monoton Lilians Hand. „Sie hat sich nicht mehr gerührt!“, sagte sie langsam, ohne den Blick von ihr zu wenden, und Gräfin Eleonore von Hohenhausen stockte das Herz.

„Sie muss wieder gesund werden!“, flüsterte sie tonlos, und Jux nickte.

„Das habe ich ihr jetzt bestimmt schon an die hundert Mal gesagt, aber ich weiß nicht, ob sie es gehört hat“, sagte sie traurig.

Ricky konnte es fast nicht ertragen, Lilian immer noch so reglos daliegen zu sehen.

„Der Hubschrauber landet!“, rief sie, um sich selbst Mut zu machen, und gleich darauf kamen der Notarzt und ein Sanitäter mit Trage angerannt.

„Bitte gehen Sie zur Seite“, wies der Arzt alle Umstehenden an und kniete sofort neben Lilian nieder.

Jux entging nicht der Blick, den er mit dem Sanitäter wechselte.

„Sie ... sie wird doch wieder gesund, oder?“, fragte sie ängstlich, doch der Arzt gab ihr keine Antwort. Langsam wandte sie sich ab und ging mit gesenktem Kopf zu Imola hinüber, ohne noch einmal zurückzuschauen. Sie war mit ihren Nerven am Ende und hatte mittlerweile auch keine Tränen mehr. Völlig ausgelaugt und kraftlos schmiegte sie ihr Gesicht an Imolas Hals.

„Sie ... Sie schafft es ganz bestimmt!“ Ricky stand plötzlich hinter Jux und sprach ganz leise.

Das Mädchen drehte sich um.

„Sie ... muss es schaffen!“, wiederholte Ricky.

Jux schaute sie lange an.

„Ach Ricky ... Ich bin so froh, dass du da bist!“, brach es aus ihr hervor, und im selben Moment lagen sich die beiden in den Armen und hielten sich in ihrer Angst um Lilian aneinander fest, und als der Hubschrauber nach einer Weile abhob, wagten sie nicht ihm hinterherzuschauen.

Die Gräfin wies William an, Imola zu verladen, und während er das Tier wegführte, ging sie zu den beiden Mädchen hinüber.

„Ihr beide habt für eure Freundin alles getan, was ihr tun konntet“, sagte sie mit belegter Stimme. „Und dafür möchte ich euch von ganzem Herzen danken. Ihr seid großartig!“ Sie machte eine kleine Pause. „Kommt, wir fahren nach

Hause! Ich muss Lilians Eltern benachrichtigen und danach umgehend ins Krankenhaus."

Jux und Ricky nickten, dann fassten sie sich fest an den Händen und liefen zu dem Transporter zurück.

Nachdem William noch einen kurzen Zwischenstopp auf dem Weitner-Hof gemacht hatte, um Aida einzuladen, befanden sie sich auf dem Rückweg zum Gestüt.

In der Fahrerkabine des Transporters herrschte Stille.

Rickys Gedanken waren bei Lilian, und selbst Jux dachte mittlerweile mehr an sie als an Lars.

William konnte gar nicht sagen, wie froh er darüber war, dass er für dieses ganze Unglück nicht verantwortlich war, und er bedauerte aufrichtig seine Chefin, die etwas zusammengesunken auf dem Beifahrersitz saß. Um keinen Preis der Welt, würde er jetzt mit ihr tauschen wollen.

Eleonore machte sich die größten Vorwürfe darüber, dass sie Lilian erlaubt hatte, Lars zu begleiten. Sie durfte gar nicht darüber nachdenken, welche Folgen dieser Unfall für das Mädchen haben könnten. Sie hatte das Bein gesehen, und sie hatte den Blick des Arztes gesehen.

Schwer seufzte sie auf. Wie sollte sie das, was geschehen war, nur Lilians Eltern beibringen? Für einen Augenblick dachte sie an ihre Freundin Caroletta. Vielleicht wäre es gut, auch sie anzurufen. Vielleicht konnte sie Lilians Eltern beistehen und versuchen, sie vorort ein wenig zu beruhigen, bis man Genaueres über den Zustand des Mädchens wusste.

Doch bald schon hatte die Gräfin diesen Gedanken wieder verworfen. Caroletta hatte genügend eigene Probleme mit ihrem Gnadenhof, und bis sie Beiters erreichen würde, waren die vermutlich schon längst in Richtung Krankenhaus unterwegs.

Marc, Kathi, Judith und Lissi standen mit klopfendem Herzen im Hof, als der Transporter zurückkam. Als die Gräfin wortlos an ihnen vorüber ins Haus ging, William mit versteinerter Miene die Pferde auslud und Ricky und Jux mit hängenden Köpfen ausstiegen, da wussten sie, dass der Tag noch schlimmer werden würde, als er bislang schon war.

Rickys erster Weg führte zu Diabolo in den Stall, und erst, nachdem sie sich vergewissert hatte, dass er gut versorgt worden war, wandte sie sich ihren Freunden zu.

„Lilian ist ziemlich schwer verletzt. Sie war nicht bei Bewusstsein. Der Hubschrauber hat sie und Lars ins Krankenhaus gebracht."

Kathi wurde es schwindelig, und auch Marc musste sich vor Schreck an die Wand lehnen.

„Das ist ja furchtbar", flüsterte Judith, und Lissi bat: „Erzähl uns alles!"

Ricky schüttelte schwach den Kopf. „Ich ... Ich kann im Augenblick nicht mehr. Bitte, lasst mir ein wenig Zeit. Ich muss das alles erst sortieren." Mit hängenden Schultern und schwerem Schritt schlurfte sie zu Hollis Box hinüber und schaute ihn traurig an.

„Ob du weißt, was mit Lilli los ist?", fragte sie ihn leise, während sie seine Box betrat. Dann nickte sie. „Ich bin mir sicher, dass du es spürst, aber ... sie wird sicher wieder gesund ... ganz sicher", murmelte sie, ehe sich die ganze Anspannung der letzten Stunden in ihr entlud und sie von einem Weinkrampf geschüttelt, Hollis Hals umarmte.

Kapitel 7

Eleonores erster Weg führte zu Gwen, bei der sie sich für zwei Minuten ans Bett setzte.

Liebevoll betrachtete sie ihre Enkelin und hatte noch niemals vorher eine solche Dankbarkeit in ihrem Herzen empfunden. Dankbar dafür, dass sie hier vor ihr lag, und dass es ihr, vergleichsweise zu Lilian, gut ging.

Seufzend machte sich die Gräfin dann auf in ihr Büro, wo sie zögerlich zum Telefon griff. Sie hoffte, dass sie jetzt auch die richtigen Worte finden würde.

Nach viermaligem Klingeln wurde der Hörer am anderen Ende der Leitung abgenommen.

„Beiter“, meldete sich die fröhliche Stimme von Lilians Mutter, die einen Anruf ihrer Tochter erwartet hatte.

Verhalten räusperte sich die Gräfin um überhaupt einen Ton herauszubringen.

„Frau Beiter ... Hier ist Eleonore von Hohenhausen ...“

„Oh, Gräfin, welche Ehre“, entgegnete Lilians Mutter lachend, doch gleich darauf verstummte sie.

„Frau Beiter ... Es ist ... Also ich weiß nicht, wie ich es Ihnen sagen soll ... Es gab einen Unfall mit der Kutsche, und ... Lilian wurde ins Krankenhaus gebracht ...“ Eleonore hörte einen verhaltenen Aufschrei. Dann versuchte Lilians Mutter ihre Gefühle in den Griff zu bekommen und wollte alles genau wissen. Die Gräfin schilderte, was vorgefallen war, und fügte hinzu, dass sie jetzt sofort ins Krankenhaus fahren und dort bis zur Ankunft von Lilians Eltern bleiben würde.

Als Eleonore sich auf dem Weg zur Klinik befand, fiel ihr auf, dass von Lilians Mutter absolut keine Schuldzuweisung für diesen Unfall gekommen war. Sie selbst war sich nicht sicher, ob sie selbst genauso reagiert hätte, wenn Gwen verletzt worden wäre.

Natürlich hatten die Kids Eleonore begleiten wollen, doch die Gräfin hatte nur Ricky erlaubt mitzufahren.

„Das genügt!“, hatte sie in ihrer „Darüber-wird-gar-nicht-diskutiert“-Stimme gesagt. „Wahrscheinlich bekommen wir sie sowieso nicht zu Gesicht ... Ich vermute, dass sie schon im OP liegt, wenn wir kommen“, hatte sie gleich hinzugefügt, als sie die entsetzten Gesichter der Jugendlichen sah.

Die Zeit zog sich zäh wie Kaugummi dahin, während Ricky in dem kleinen, muffigen Wartezimmer auf der chirurgischen Station des Krankenhauses nervös hin und her lief. Es war ihr einfach nicht möglich, ruhig auf dieser zerschlissenen, grauen Couch auszuharren, während Lilian auf dem OP-Tisch lag.

Ricky starrte nun schon zum unzähligen Mal aus dem Fenster hinunter auf den Parkplatz, wo ein stetes Kommen und Gehen der Besucher herrschte. Irgendwie beneidete sie die Gräfin, die anscheinend die Ruhe selbst war, so, wie sie an diesem kleinen Tischchen saß und eine veraltete Zeitschrift nach der anderen durchblätterte.

Doch die Gräfin war alles andere als ruhig. Sie wusste ihre Gedanken und Gefühle nur gut zu verbergen, um das Mädchen nicht noch mehr zu ängstigen.

Eleonore hatte nichts von dem, was ihre Augen in den Zeitschriften wahrnahmen, tatsächlich registriert. Sie fühlte sich innerlich zerrissen. Eigentlich sollte sie zu Hause bei ihrer Enkelin sein, andererseits war es doch ihre Pflicht, hier abzuwarten, zumindest bis Lilians Operation vorüber war.

Bis jetzt war es noch nicht möglich gewesen, mit einem Arzt über das Mädchen zu sprechen; nur eine Krankenschwester hatte sie angewiesen, hier zu warten.

Rickys Kopf flog herum, als sie das Klappen der Tür hörte, und auch Eleonore sah auf.

Lars betrat ziemlich geknickt den Raum. Sein Arm war wieder in der richtigen Position, wurde jedoch noch von einem Dreieckstuch entlastet.

„Chefin ... Es tut mir alles so leid", begann er, als er die Gräfin sah. „ Ich konnte nichts machen! Der Düsenjäger kam so schnell, dann sind die Tiere durchgegangen und die Kutsche ist gekippt", versuchte er sich zu rechtfertigen.

Eleonore sagte nichts, und Lars fühlte sich durch ihr Schweigen noch unwohler.

„Lilian ... ist sie noch im OP?", fragte er nervös und schaute zu Ricky hinüber.

„Ja."

„Und ... hat man die Pferde schon einfangen können?", fragte er hoffnungsvoll.

Ricky schluckte. Erst jetzt wurde ihr klar, dass Lars ja immer noch gar nichts darüber wusste, was mit Saladin passiert war.

Die Gräfin sah ihn lange an. „Mescalito steht schon wieder im Stall", sagte sie umständlich, und Ricky fühlte, dass sich Gwendolyns Großmutter noch nicht ganz schlüssig darüber war, wie sie die Frage nach dem zweiten Kutschpferd beantworten sollte.

Lars wurde noch bleicher. „Und was ist mit ... mit Saladin?", fragte er heiser.

„Saladin hat ... einen anderen Weg angetreten", antwortete die Gräfin. Sie wirklte nach außen hin relativ gefasst, doch dann stand sie abrupt auf und verließ das Zimmer.

Lars ließ sich auf einen Sessel sinken und starrte auf

Ricky, die scheu zu ihm herüberkam und ihm die Hand auf die Schulter legte.

„Du kannst nichts dafür", sagte sie brüchig, dann fühlte sie, dass der junge Mann alleine sein wollte, um mit diesem zweiten Schlag fertig zu werden, und so ging sie ebenfalls leise hinaus.

Anna hatte alles versucht, um Gwen dazu zu überreden, liegen zu bleiben, nachdem sie wieder wach geworden war, doch sie stieß auf taube Ohren.

„Die Gräfin wird mir den Kopf abreißen", jammerte die Köchin, als das Mädchen sich anzog und einfach nach draußen ging.

Noch benommen und etwas durcheinander lief Gwen zu dem Stall hinüber, in dem die Kutschpferde untergebracht waren. Sie hoffte, dass vielleicht doch alles ein Albtraum gewesen war und Saladin, wie immer, zufrieden an seinem Heu malmend, neben Mescalito stehen würde.

Kurz vor dem Stall hörte sie jemanden rufen.

„Gwen, warte!" Judith kam zu ihr herübergelaufen. „Bist du wieder okay?"

Gwen zuckte nur mit den Schultern. Der Blick in Judiths Gesicht hatte völlig genügt, um zu erkennen, dass sie nicht nur geträumt hatte. „Weißt du, wo meine Großmutter ist?"

Judith nickte. „Sie ist mit Ricky ins Krankenhaus gefahren."

Gwen wurde blass. „Was ist mit Ricky?"

„Nichts! Sie ist nur mitgefahren. Lilian hat es wohl ziemlich schlimm erwischt, und mit Lars ist auch irgendwas", erklärte Judith rasch.

Gwen senkte den Blick.

Lars! Wenn er nicht gewesen wäre, dann würde Saladin noch leben!

Judith räusperte sich verhalten. „Kommst du mit? Die anderen sitzen im Reiterstübchen."

„Was soll ich da?"

„Mensch, Gwen, es tut uns allen wahnsinnig leid, was da passiert ist, aber es hat doch keinen Sinn, wenn du dich jetzt so absonderst! Meinst du etwa, dass es dir besser geht, wenn du alleine vor dich hin brütest?"

„Du hast gut reden", antwortete Gwen mit einem aufgesetzten, geringschätzigen Grinsen. „Du hast heute ja kein Pferd verloren. Du fährst in ein paar Tagen wieder nach Hause und alles wird dann so sein wie sonst auch."

Judith schüttelte langsam den Kopf. „Nichts wird nach dem heutigen Tag mehr sein, wie es einmal war. Weder bei dir, bei mir, noch bei all den anderen. So etwas kann man nicht vergessen!"

„Vielleicht ist es so, vielleicht auch nicht", antwortete Gwen. „Ich möchte jetzt trotzdem noch ein wenig allein sein, wenn's recht ist."

„Okay!" Judith verstand. „Aber wenn du reden möchtest ... also, ich meine, ich bin immer für dich da, ja? Und die anderen auch."

Gwen stiegen Tränen in die Augen. „Danke ...", sagte sie, wandte sich rasch um und verschwand im Stall, wo sie gleich darauf vor Saladins leerer Box stand und auf die Einstreu starrte.

Nie wieder würde er sich dort zufrieden niederlegen.

Nie wieder würde er ihr freudig entgegenwiehern, wenn sie den Stall betrat.

Nie wieder würde er mit seinen weichen Nüstern vertraut über ihr Gesicht tasten und vor Freude schnobern, wenn sie ihm ein verbotenes Leckerli zuschob.

Nie wieder ...

„Keiner kann seinem Schicksal entrinnen", sagte Marius,

der leise hinter das Mädchen getreten war, mit rauer Stimme. „Alles ist vorbestimmt in unserem Leben und auch im Leben unserer Tiere."

Gwen hob ihr tränenüberströmtes Gesicht und schaute den Stallhelfer verzweifelt an. „Aber ... aber was hat dann das Leben überhaupt für einen Sinn, wenn es so plötzlich vorüber ist?"

„Vielleicht ist es der Sinn des Lebens, nach dem Sinn des Lebens zu suchen, und ihn in all den kleinen Glücksmomenten zu finden, die uns beschert werden. Ich glaube, dass der Sinn des Lebens darin liegt, zu lernen, Liebe zu empfinden und glücklich zu sein."

Gwen schaute ihn mit einem Blick aus Hoffnung und Verzweiflung an. „Und glaubst du, dass Saladin ... dass er glücklich war?", fragte sie mit erstickter Stimme.

Marius lächelte. „Ja, Gwen, das glaube ich mit Sicherheit! Und ganz gleich, wo er jetzt ist, er wird die Liebe in sich tragen, die du ihm geschenkt hast." Dann nahm er Gwen sanft in die Arme, drückte sie an sich und ließ sie einfach weinen. Jede Träne, die sie jetzt vergießen würde, würde ihr neue Kraft geben, das Erlebte zu verarbeiten.

Die gläserne Schwingtür flog auf, und Lilians Eltern, gefolgt von Rainer, hasteten den Krankenhausgang entlang.

„Wie geht es ihr? Weiß man schon etwas?", sprudelten die Fragen der Mutter heraus, während sie bleich der Gräfin die Hand drückte und Ricky fahrig zunickte.

„Sie ist immer noch im OP", gab Eleonore Antwort, ehe sie dann den Vorfall nochmal ganz genau schilderte.

Lilians Vater hätte im ersten Moment am liebsten die Gräfin für alles verantwortlich gemacht, aber er verstand, dass der tatsächliche Auslöser dieses Unglücks wirklich der Düsenjäger war, der die Kutschpferde erschreckt hatte.

„Warum musste sie auch unbedingt in der Kutsche mitfahren“, fragte er unglücklich, doch im gleichen Augenblick kannte er schon die Antwort, noch ehe seine Frau sie ausgesprochen hatte.

„Lilli wollte halt schon immer mal gerne in einer Kutsche mitfahren. Ich bin mir sicher, dass sie es sein gelassen hätte, wenn sie auch nur geahnt hätte, was passieren würde.“

Hans Beiter nickte still.

Sicherlich war es so, aber dennoch lag sein Ein und Alles jetzt hinter dieser dicken Tür, wo das rote Licht noch immer leuchtete und anzeigte, dass die Operation noch nicht vorüber war.

Rainer stand völlig geschockt bei Ricky, und sie vermochte nicht, ihn zu trösten. Große Angst um seine Freundin hatte sich in seinem Herzen breitgemacht, und diese Angst schnürte ihm nun fast die Kehle zu.

Wenn doch nur endlich jemand käme und uns wenigstens sagen würde, was mit Lilian los ist, dachte er verzweifelt. Diese Ungewissheit macht einen total fertig!

Nach geraumer Zeit trat Lars aus dem Wartezimmer ebenfalls hinaus auf den Gang.

Rainer schaute ihm entgegen und wäre so gern wütend auf ihn gewesen, weil er den Unfall nicht hatte verhindern können. Aber als er dem jungen Mann ins Gesicht schaute, konnte er es nicht.

„Der arme Kerl“, sagte er leise zu Ricky. „In seiner Haut möchte ich jetzt nicht stecken. Er macht sich doch sicher die größten Vorwürfe.“

Lars kam zu ihnen herüber. „Bist du Rainer?“, fragte er, und Lilians Freund nickte.

„Lilian hat von dir gesprochen, als sie ... sie hat dich gerufen, und sie muss dich sehr lieben“, sagte er stockend. „Es tut mir so leid.“

Rainer schluckte und war nicht fähig, darauf zu antworten, doch dann wirbelte er herum, als Ricky flüsternd feststellte: „Das OP-Licht ist aus!“

Totenstille legte sich über die Wartenden, und Lilians Mutter verkrallte ihre Hand in den Arm ihres Mannes. Der Chirurg trat aus der Tür und strich sich mit einer erschöpften Bewegung die Haare aus der Stirn, während er auf sie zu kam.

„Sie sind die Eltern?“

Hans Beiter nickte. „Was ist mit unserer Tochter?“, fragte er gefasst, und der Arzt schaute ihm direkt in die Augen.

„Sie hat viel Blut verloren und einen äußerst komplizierten Trümmerbruch des Unterschenkels“, sagte er ernst. „Das Problem ist ...“

Rainer fühlte, wie der Boden unter seinen Füßen weich wurde.

„Das Bein war viel zu lange abgequetscht und die Blutversorgung somit unterbrochen. Wir haben die Knochen reponiert, genagelt, und es werden in weiterer Zukunft noch mindestens zwei Operationen von Nöten sein, um das Bein wieder richtig herzustellen, vorausgesetzt ...“ Er machte eine Pause, während ihn angstvolle Augen fixierten.

„Vorausgesetzt ...?“, fragte Hans Beiter tonlos.

Der Arzt atmete tief durch. „Vorausgesetzt, dass das Bein wieder richtig durchblutet wird.“

„Und ... und wenn nicht?“

„Dann werden wir um eine Teilamputation nicht umhin kommen, um das Leben Ihrer Tochter zu retten.“

Lilians Mutter schrie leise auf. Sie hatte das Gefühl, auf der Stelle ohnmächtig zu werden.

„Was? ... Amputation? Oh mein Gott ...“ Rainer schloss die Augen und rang wie alle anderen auch um seine Fassung.

„Und wann ... ich meine ... wann weiß man das?“, fragte die Gräfin kalkweiß.

„Ich schätze, wir können maximal drei Tage warten und hoffen ...“ Der Arzt legte tröstend seine Hand auf Hans Beiters Schulter. „Es tut mir leid, dass ich Ihnen keine bessere Nachricht übermitteln kann. Vielleicht hat Gott ein Einsehen, aber wir müssen abwarten. Im Augenblick kann ich nicht mehr dazu sagen.“

Lilians Vater nickte geistesabwesend.

„Können wir zu ihr?“, fragte Rainer hoffnungsvoll, doch der Arzt schüttelte den Kopf.

„Sie ist augenblicklich auf der Intensivstation. Ich kann Ihnen nur erlauben, durch das Glasfenster zu blicken. Wenn es zu keinen Komplikationen kommt, dürfen Sie sie in etwa vier Stunden für ein paar Minuten besuchen.“

„Danke“, flüsterte Lilians Vater heiser und registrierte dann nicht einmal mehr, dass der Arzt in seinem Zimmer verschwand.

Die Nachricht über Lilians Zustand hatte alle völlig geschockt, und sie mussten sich nun erst einmal mit der Nachricht vertraut machen, versuchen, Ruhe zu bewahren und nicht gleich das Schlimmste zu hoffen.

„Wichtig ist, dass sie lebt“, brachte Lilians Mutter unter Tränen hervor, ehe sie mit ihrem Mann zitternd in Richtung Intensivstation verschwand.

Rainer starrte ihnen hinterher, ehe er ihnen gleich darauf langsam folgte.

So gerne hätte er ebenfalls nach seiner Freundin geschaut, doch es war ihm klar, dass er den Eltern den Vortritt lassen musste, und dass für ihn keine Chance bestünde, sie heute noch zu sehen. Doch er wollte mit ihnen gemeinsam ausharren.

Aber noch etwas stand für ihn außer Frage: Er würde

Lilian immer lieben, ganz gleich, was auch geschehen würde ...

Das Wort „Amputation“ hing wie ein Damokles-Schwert in der Luft und schien alle zu lähmen.

Die Gräfin war mit Lars und Ricky zurück auf das Gestüt gefahren, und in ein paar Stunden würde William Lilians Mutter und Rainer vom Krankenhaus abholen und ebenfalls dorthin bringen, damit sie ständig abrufbereit in Lilians Nähe sein konnten.

Hans Beiter würde, nachdem er Lilian zu Gesicht bekommen hatte, wieder nach Hause fahren, da er sich um die Tiere auf seinem Hof kümmern musste. Aber er wollte sich um eine verlässliche Hilfe bemühen, damit auch er so schnell wie möglich an das Krankenbett seiner Tochter zurückkehren konnte.

Jetzt saßen die Freunde draußen vor einer der zahllosen Pferdekoppel und starrten in die untergehende Sonne.

Wie sehr sie sonst auch das abendliche Naturschauspiel auf dem Gestüt liebten, heute empfanden sie diesen herrlichen Sonnenuntergang fast als Hohn.

Tausend Fragen beschäftigten die Kids, und doch wagte keiner von ihnen, auch nur eine davon auszusprechen. Dafür versuchten sie, mit allen möglichen anderen Themen eine Unterhaltung zustande zu bringen, einfach nur um irgendetwas zu sagen. Aber diese halbherzigen Gespräche versickerten immer wieder so schnell, wie sie begonnen wurden.

„Das hat doch alles keinen Sinn“, meinte Marc auf einmal. „Wir alle denken doch bloß an Lilian und an das, was der Arzt gesagt hat. Warum reden wir dann nicht darüber? Können wir denn irgendetwas daran ändern, wenn wir schweigen?“

Fast erschrocken schauten ihn die Mädchen an, doch dann nickte Gwen.

„Du hast recht. Es war ein absolut furchtbarer Tag, und heute Nachmittag hab ich noch gedacht, er könnte nicht noch schlimmer werden. Ich hab mich getäuscht ... Das mit Saladin war schon heftig“, sie schluckte, „aber die Sache mit Lilian, die macht mich jetzt total kaputt.“

„Was glaubt ihr, wie Lili damit fertig wird, falls ... na, ihr wisst schon“, fragte Kathi leise.

„Ich möchte gar nicht darüber nachdenken“, antwortete Ricky. „Noch steht es ja gar nicht fest, und ich hoffe so sehr, dass es auch nicht soweit kommt.“

„Ich denke, es hat auch keinen Sinn, im Vorfeld schon die Pferde scheu zu machen.“ Lissi streckte ihren vom Sitzen verkrampften Rücken. „Sollten wir nicht einfach hoffen und beten, dass alles wieder gut wird?“

„Das sowieso!“

Gwen erhob sich. „Ich glaube, ich werde mal ins Haus gehen. Mir steckt dieses blöde Beruhigungsmittel noch in den Knochen, und irgendwie ... ich möchte einfach allein sein! Wenn ihr wollt, dann können wir morgen ... also, ich kenne da eine kleine Kapelle im Wald ...“

„Ja“, sagte Ricky leise. „Lasst uns gemeinsam für Lilian beten. Sie muss einfach wieder gesund werden!“

„Und für Saladin“, fügte Gwen fast tonlos hinzu, dann rannte sie davon.

Hans Beiter und seine Frau durften am Abend fünf Minuten bei Lilian im Zimmer verbringen, während Rainer seine Freundin nur durch die Glasscheibe hindurch anschauen konnte. Fünf lächerliche Minuten, die nicht dazu ausreichten, um all die Gefühle zu sortieren, die sich in ihren Herzen aufgestaut hatten.

Rechts und links saßen die beiden auf Lilians Bett und streichelten vorsichtig ihre Hände, doch sie schien tief zu schlafen und die Berührung nicht wahrzunehmen.

Ihr rechtes Bein lag dick umwickelt in einer Schiene und war an einem Seilzug in Schräglage fixiert. Ansonsten war Lilian an tausend Schläuche und Überwachungsgeräte angeschlossen.

Rainer schielte immer wieder ängstlich auf den Monitor, der den gleichmäßigen Rhythmus des Herzens anzeigte. Während er hier an der Glasscheibe stand, gingen ihm die vergangenen Monate durch den Kopf, mit all den schönen Augenblicken, die er mit seiner Freundin zusammen erlebt hatte. Immer wieder sah er sie vor sich, wie sie mit einem fröhlichen Lachen auf ihrem Doc Holliday neben ihm her ritt. Sollte es so etwas vielleicht nie wieder geben?

Rainer schüttelte seinen Kopf, um diesen negativen Gedanken schnell wieder zu vertreiben.

Drei Tage, dachte er. Drei verdammte Tage noch, dann wissen wir mehr. Was bis dahin bleibt, ist die Hoffnung ...

Am nächsten Morgen saßen alle ziemlich gerädert am Frühstückstisch. Sie hatten mehr schlecht als recht geschlafen, und von ihrem Appetit, den sie ansonsten in der Früh hatten, war auch nicht viel übrig geblieben. Selbst Marc, der normalerweise mindestens vier Marmeladebrötchen vertilgte, schob seinen Teller schon nach zwei Bissen weit von sich.

„Ich bringe nichts runter, tut mir leid, Anna“, sagte er zur Köchin, die seufzend den Tisch wieder abräumte.

Lilians Mutter war schon bei Tagesanbruch ins Krankenhaus gefahren, doch Rainer saß hier bei den anderen und starrte geknickt vor sich hin.

„Ich darf Lilian erst heute Nachmittag besuchen“, erklärte er den anderen. „Aber ich werde noch wahnsinnig, wenn ich hier nur so herumsitze!“

Anna nickte mitfühlend. „Es bringt auch nichts, wenn ihr nur grübelt. Gott wird's schon richten, so, wie es sein soll. Versucht euch ein wenig abzulenken! Geht zu den Pferden raus, macht einen Spaziergang, oder geht reiten oder zum Schwimmen! Alles ist besser, als hier Trübsal zu blasen. Das hilft eurer Freundin nicht.“

„Es hilft aber auch nichts, einfach nur so zu tun, als wenn nichts wäre“, murmelte Rainer.

„Das mit Sicherheit nicht.“ Gwen stand auf. „Wir haben gestern überlegt, ob wir mal zur Kapelle reiten. Möchtest du mitkommen, Rainer? Pferde stehen hier ja gerade zur Genüge herum.“

Der junge Mann schaute auf und horchte einen Moment in sich hinein, dann nickte er. „Ich komme mit. Auf Holli!“

Ricky lächelte schwermütig. „Das ist eine gute Idee. Er wird sich freuen, dass er auch wieder laufen darf. Gestern ... fiel das ja aus.“

„Also los, kommt!“ Rainer erhob sich abrupt. „Ich muss hier raus! Habe das Gefühl, als ob mir alles zu eng wird.“

Schweigsam hatten die Reiter mit ihren Pferden das Gestüt verlassen.

Jux und Ricky ritten einträchtig nebeneinander her, doch da jeder gedanklich bei Lilian war, fiel es keinem auf, dass die beiden anscheinend Frieden miteinander geschlossen hatten. Lediglich Gwen bemerkte die Veränderung.

Somit hat dieser schreckliche Tag gestern wenigstens etwas Gutes bewirkt, dachte sie. Allerdings wäre es ihr lieber gewesen wäre, wenn die beiden Mädchen sich weiterhin in der Wolle haben würden, dafür jedoch Saladin und Lilian nichts passiert wäre.

Ricky schaute von oben an ihren Diabolo herab. Der mörderische Galopp vom Vortag steckte ihm noch in den Knochen, und sie hatte den Eindruck, als ob er ein wenig steif ginge. Mit einem mulmigen Gefühl wurde ihr klar, dass sie von Diabolo schonungslos verlangt hatte, alles zu geben, ohne darüber nachzudenken, ob er es auch gut überstehen würde.

Darf man immer das Wohl des Menschen über das eines Tieres stellen?, fragte sie sich und sah sich mit einem Mal einem schrecklichen Zwiespalt ausgesetzt. Sie hatte sowohl Lilian als auch Diabolo gegenüber, den sie bis zur Erschöpfung hin vorwärts getrieben hatte, ein mächtig schlechtes Gewissen.

Ich hätte ihm wenigstens einen Stehtag gönnen müssen, dachte sie und biss sich auf die Lippen.

Zumindest verspürte heute keiner der Reiter Lust darauf, im gestreckten Galopp durch die Gegend zu donnern, und Ricky redete sich ein, dass das Schritttempo bestimmt dazu beitragen würde, dass sich Diabolos verspannte Muskeln wieder ein wenig lockern würden. Sobald sie zurück auf dem Gestüt wären, würde sie die Beine ihres Pferdes mit einem Kühlgel einreiben und es auf die Koppel stellen.

Die kleine Kapelle lag bereits in Sichtweite der Reiter.

Ihr strahlend weißer Anstrich reflektierte die Sonnenstrahlen so stark, dass die Helligkeit schon fast in den Augen weh tat.

„Sie sieht hübsch aus“, stellte Judith fest. „Mir sind so kleine Kapellen viel lieber als die riesengroßen Kirchen, die innen oft so überladen sind.“

„Ist sie denn überhaupt offen?“, wollte Marc wissen, und Gwen nickte.

„Sie wird nie verschlossen. Eigentlich komme ich oft

hierher und setze mich für ein paar Minuten rein. Irgendwie werde ich dort immer total ruhig."

Schweigend ritten sie weiter, und als sie vor der schmalen Eingangstür angekommen waren, ließen sie ihre Pferde anhalten und stiegen ab.

Gwen, Ricky und Rainer gaben die Zügel ihrer Pferde an ihre Mitreiter und betraten dann still die kleine Kapelle.

Die Tür quietschte ein wenig in den Angeln, als Ricky sie leise hinter sich schloss, und andächtig setzten sich die Jugendlichen in die vorderste Reihe. Auf dem schlichten Altar hatte jemand zwei wunderschöne Blumensträuße aufgestellt.

Gwen starrte geradeaus. Es war ihr klar, dass ihre Freunde mit all ihren Gedanken bei Lilian waren, und selbstverständlich machte sie sich ebenfalls die größten Sorgen um das Mädchen. Dennoch musste sie sich eingestehen, dass sie in ihrem Herzen näher bei Saladin war, und sie betete darum, dass es ihm gut gehen möge – dort, wo er jetzt war, wo immer dies auch sein mochte.

Ricky saß einfach nur da und empfand plötzlich ausschließlich Leere in ihrem Herzen und in ihrem Kopf. Auf dem Weg hierher hatte sie sich so vorgenommen, für Lilian zu beten, Gott zu beschwören, er möge sie wieder gesund werden lassen, und jetzt? Jetzt fühlte sie sich komplett ausgebrannt, unfähig, in Gedanken auch nur einen vernünftigen Satz zusammenzubringen. Verlegen schielte sie zu Rainer hinüber, der mit gefalteten Händen und geschlossenen Augen neben ihr saß. Sein Gesicht hatte sich verhärtet, die Zähne waren fest zusammengebissen. Ricky konnte fast körperlich spüren, wie sehr er sich beherrschen musste, um nicht zu weinen.

Vorsichtig wollte sie die Hand auf seinen Arm legen, doch dann zog sie sie doch wieder zögernd zurück. Rainer schien in seinen Gedanken so weit weg zu sein, und sie wollte ihn keinesfalls erschrecken. Geich darauf zuckte sie zusammen, als der junge Mann sich ruckartig aufrichtete, tief durchatmete und aus der Bankreihe hinaustrat.

Rechts neben dem Altar stand ein kleines Tischchen mit flackernden Kerzen, und Rainer zündete ein weiteres an.

Ricky und Gwendolyn wechselten einen Blick, dann erhoben sie sich ebenfalls und taten es Lilians Freund gleich.

Ich zünde alle Kerzen dieser Welt an, wenn Lilian dadurch gesund wird, dachte Ricky, während sie in die zitternden Flämmchen starrte. Seltsamerweise jedoch überkam sie eine plötzliche Ruhe, und ihr Herz schien sich weit zu öffnen.

„Möge das Richtige geschehen", murmelte sie, dann wandte sie sich um und verließ mit ihren Freunden die kleine Kapelle.

Still lehnte sie sich draußen an Diabolos Hals und verweilte für ein paar Sekunden in einem seltsamen Zustand, den sie sich nicht erklären konnte.

Und bei ihrem Nachhauseritt stellte sie fest, dass sie sich auf eine unerklärliche Art und Weise in ihrem Innern gestärkt fühlte, und dass sie diese Kraft in Gedanken an Lilian weiterleiten konnte. Und wenn Rainer heute Nachmittag in die Klinik fahren würde, dann würde sie versuchen ihn zu begleiten, denn sie hatte das riesige Bedürfnis, ihre Freundin zu sehen und ihr Mut zuzusprechen.

Kapitel 8

Als die jungen Leute von ihrem Ausritt nach Hause kamen, fiel ihr erster Blick auf die lädierte Kutsche, die von einem Abschleppwagen zurück auf das Gestüt gebracht worden war.

Rainer sog scharf die Luft ein, als er sie sah, und sowohl Ricky als auch Jux hatten sofort wieder das Bild vom Vortag vor Augen. Ob es jemals wieder verblassen würde?

Ricky wandte sich schnell ab und führte Diabolo in den Stall zurück. Rasch wollte sie ihn absatteln und auf die Koppel bringen, damit er sich endlich ausruhen konnte.

Schon auf dem Weg zurück zur Stallung merkte sie, wie der Rappe ihr nur zögerlich folgte.

„Was ist denn los, mein Junge? Alles klar mit dir?“, fragte sie ihn leise und strich ihm über das seidige Fell.

Diabolo stupste sie daraufhin zwar übermütig in den Rücken, aber immer öfter musste das Mädchen an den Zügeln rucken, damit er überhaupt im Schritt blieb.

Kritisch schaute Ricky auf die Beine ihres Pferdes. Wenn sie nicht alles täuschte, setzte er recht vorsichtig einen Huf nach dem anderen auf.

Komisch, dachte sie. Beim Reiten hat er doch nicht gelahmt!

Je langsamer Diabolo nun voranging, um so stärker war zu sehen, dass er Probleme mit der rechten Vorderhand hatte. Ricky nahm sich vor, sich im Stall umgehend das Bein genauer anzuschauen.

„Mist, das nicht auch noch!“, murmelte sie ein paar

Meter weiter, als ihr Rappe mit einem Mal ganz stehen blieb. Sie beugte sich hinab und strich vorsichtig über sein Bein, das er schon bei der ersten Berührung anhob.

Himmel, das ist ja ganz heiß, dachte Ricky erschrocken. Die Quittung für diesen teuflischen Galopp gestern! Ricky Sulai, du dumme Kuh, warum musstest du ihn heute auch unbedingt noch einmal reiten, anstatt ihn stehen zu lassen?! Wütend fragte sie sich, ob sie wirklich so blöde gewesen war, die Erwärmung des Beines vor dem Ritt nicht wahrgenommen zu haben. Schließlich fiel ihr so etwas beim Putzen ihres Pferdes doch immer sofort auf. Ob es daran gelegen hatte, dass sie mit ihren Gedanken mehr bei Lilian gewesen war?

Bedrückt richtete sich auf.

„Ist irgendwas nicht in Ordnung?“, fragte Jux, die Imola vorüberführte.

„Er lahmt plötzlich, und das Bein ist heiß.“

„Vorhin war er doch noch ganz okay, also mir ist jedenfalls nicht aufgefallen, dass er auf dem Ritt lahm gegangen ist.“

„Mir auch nicht!“

„Frag doch mal Marius oder Kuno“, schlug Jux vor.

„Und was soll ich sie fragen?“, giftete Ricky, immer noch wütend über sich selbst, zurück. „Etwa, wie ich den gestrigen Tag rückgängig machen kann? Ich Idiot hab Diabolo einfach überstrapaziert!“

Jux holte tief Luft. Sie fühlte sich durch Rickys aggressiven Tonfall wieder einmal angegriffen. „Und warum maulst du mich jetzt so an? Kann ich denn was dafür?“

„Das hat ja auch keiner gesagt!“

„Mann, Ricky! Wenn irgendetwas mit Diabolo nicht stimmt, dann wirst du unausstehlich!“ Jux zog mit Imola und einem gekränkten Gesichtsausdruck ab.

Ricky schloss die Augen. Was hab ich denn jetzt schon wieder falsch gemacht?, fragte sie sich. Ist es denn nicht normal, dass man nicht so gut drauf ist, wenn man sich Sorgen um sein Pferd macht? Kann Jux das nicht verstehen? Aber sie musste zugeben, dass sie wirklich nicht gerade freundlich gewesen war, obwohl Jux ihr doch eigentlich hatte helfen wollen.

Vielleicht sollte ich nachher tatsächlich mal mit Marius sprechen. Er hat bestimmt irgendetwas in der Stallapotheke, was für Diabolo gut wäre, dachte sie, ehe sie ihr Pferd dazu überredete, die letzten paar Schritte bis in den Stall hinein zu gehen. Während sie dann ihren Rappen absattelte und versorgte, beschloss sie, doch nicht mit Rainer in das Krankenhaus zu fahren. Aller Wahrscheinlichkeit nach würde sie Lilian sowieso nicht besuchen dürfen, da schon Rainer und Frau Beiter anwesend waren, und sie hatte das Gefühl, dass sie es ihrem Pferd einfach schuldig wäre, bei ihm zu bleiben und ihm Gesellschaft zu leisten. Schließlich war sie schuld an seinem Zustand und ... Lilian würde das sicherlich verstehen, versuchte Ricky ihr schlechtes Gewissen zu beruhigen. Doch sie musste sich eingestehen, dass ihr Mut, Lilian gegenüberzutreten, wieder auf den Nullpunkt gesunken war. Ja, sie hatte Angst ... Angst davor, der Wahrheit ins Gesicht zu sehen, Angst davor, dass Lilian sie womöglich auf die Amputation ansprechen könnte, Angst davor, plötzlich davonlaufen zu müssen, ohne ihr eine Antwort gegeben zu haben. Ob der Arzt überhaupt schon mit ihr gesprochen hatte?

Ricky schüttelte den Kopf, nannte sich ängstlich und feige. Ja, feige! Ober-Hammer-Mega-feige! Und so sehr sie sich auch deswegen schämte, war sie nun fast froh darüber, dass Diabolo mit seiner akuten Lahmheit ihr einen Grund geliefert hatte, nicht ins Krankenhaus mitfahren zu müssen

... Ricky kam sich äußerst mies dabei vor, aber sie spürte, dass sie dieser Situation einfach noch nicht gewachsen war.

Lilian lag bleich in ihrem Bett und starrte an die Decke. Sie fühlte sich wie eine leere Hülle, ausgelaugt und unfähig, irgendwelchen tieferen Emotionen nachzugeben. Ihr Bewusstsein ließ zwar alle möglichen Gedanken zu, doch die schienen wie in Zeitlupe ihr Hirn zu durchwandern. Durch die Medikamente, die ihr verabreicht wurden, empfand sie den seltsamen Zustand der Gleichgültigkeit, der Leichtigkeit und weitgehender Schmerzunempfindlichkeit.

Schon seit Stunden saß ihre Mutter neben ihr am Bett und hielt ihre Hand.Wann sie gekommen war? Lilian wusste es nicht mehr. Sie hatte jegliches Zeitgefühl verloren. Auch konnte sie sich nur noch bruchstückweise den Unfall mit der Kutsche ins Gedächtnis rufen. Je mehr sie darüber nachdenken wollte, um so tiefer schien sich ein schwarzer Vorhang zu senken, hinter dem jede Erinnerung verblasste.

Eines jedoch hatte sich in ihr Gedächtnis eingegraben. Etwas, das sie noch nicht einordnen konnte, etwas, das sie irgendwann wahrgenommen hatte, das ihr Angst machte, das so nah, aber gleichzeitig unendlich weit entfernt zu sein schien und von dem sie hoffte, dass sie sich vielleicht doch verhört hätte ...

Während die Krankenschwestern sie noch in Narkose gewähnt hatten, war Lilians Bewusstsein schon wieder auf dem Weg zurück in die Realität und hatte die Worte aufgenommen, die im Krankenzimmer gesprochen wurden.

Irgendetwas von „armes Mädchen", „Durchblutungsstörung" und „Teil-Amputation möglich" war in Lilians Hirn gedrungen und hatte sich dort festgesetzt.

Immer wenn diese Erinnerung aufkeimte, fiel Lilians Blick auf den Seilzug ... Doch ihr Zustand verhinderte, dass ihre innere Angst an die Oberfläche kam. Fast nüchtern wurde ihr bewusst, dass sich ihr Leben, wenn die schrecklichen Worte der Schwestern Wirklichkeit werden würden, um 180 Grad ändern würde, dass sie nie wieder sie selbst sein würde und vielleicht nie wieder ... Lilian schloss die Augen und sah augenblicklich Holli vor sich, gesattelt, darauf wartend, dass sie in seinen Sattel steigen und mit ihm ausreiten würde ...

Oh Gott im Himmel, bitte lass mich mein Bein behalten!

„Du hast recht, es kommt von der Überanstrengung her", sagte Marius zu Ricky und drückte ihr wenig später eine Flasche mit essigsaurer Tonerde in die Hand.

„Stinkendes Zeug, wirkt aber wahre Wunder", grinste er. „Wir werden es ein wenig verdünnen, dann bekommt dein Schwarzer einen schönen, dicken Watteverband, den wir damit tränken. Du passt schön auf, dass das Ganze nicht austrocknet. Jede Stunde ein Mal von oben her in den Verband gießen, bis heute Abend. Über Nacht machen wir Heilerde drauf und morgen sehen wir dann weiter."

„Okay, ich kenne das Zeug!" Ricky nickte ihm dankbar zu. Sie war froh, etwas für Diabolos Gesundung tun zu können. Wenn es sein müsste, würde sie Tag und Nacht den Verband mit diesem stinkenden Gebräu feucht halten und sonstwas dafür tun, dass ihr Pferd bald wieder hergestellt wäre.

„Wie geht's eigentlich Lars? Ich habe ihn nicht mehr gesehen", wollte sie dann wissen, während Marius die essigsaure Tonerde im richtigen Verhältnis mit Wasser mischte. „Er tut mir so leid!"

„Da er ja als Arbeitskraft ausfällt und auch psychisch einiges zu verdauen hat, hat ihn die Gräfin nach Hause geschickt."

„Ich denke, er wohnt hier auf dem Gestüt?“, fragte Marc, der neben Kathi an die Wand gelehnt dastand.

Marius lachte. „Nein! Nur Kuno und ich haben hier Zimmer. Lars wohnt zu Hause bei seiner Familie.“

„Familie?“

„Ja klar. Er hat eine nette Frau und eine kleine Tochter.“

„Oha“, machte Ricky und musste gleich an Jux denken. Schließlich war ihr nicht entgangen, dass Jux sich in den jungen Mann verliebt hatte.

„Okay, Ricky. Bandagieren kannst du selbst, nehme ich mal an“, meinte Marius und drückte ihr den Messbecher mit der Verdünnung in die Hände. „Ich muss schnell mal los. Ich hab Rainer versprochen, dass er mit meinem Auto ins Krankenhaus fahren kann, aber vergessen, ihm den Schlüssel zu geben.“ Er nickte den Kids zu und verließ im Laufschritt den Stall.

Ricky schaute ihm mit einem langen Blick hinterher.

Feige – feige – feige!, hämmerte es noch lange in ihrem Kopf, selbst dann noch, als sie zwei Stunden später von Gwendolyn ins Haus gerufen wurde. Die Gräfin hatte zur Ablenkung ein paar Dias herausgesucht, die sich die Kids nun anschauen konnten. Sie zeigten unter anderem Golden Star in der Zeit seines Heranwachsens.

Obwohl Ricky den goldfarbenen Junghengst liebte und sich unter anderen Voraussetzungen nichts Schöneres hätte vorstellen können, als diese Dias zu betrachten, stahl sie sich schon nach einer Viertelstunde aus dem abgedunkelten Zimmer hinaus, um wieder zu Diabolo zurückzukehren.

Als Ricky den Stall betrat, blieb sie verdutzt stehen. Jux stand vor Hollis Box. Sie hatte zuvor gar nicht bemerkt, dass das Mädchen nicht Gwendolyns Aufruf zur Diaschau gefolgt war.

„Was machst du denn hier?“, fragte sie.

Jux wandte sich um. „Ich dachte, ich muss mal nach Holli sehen, wo er doch gerade keinen hat, der sich so richtig um ihn kümmert, jetzt, wo Lilian ... also ich meine, wo Lilian im Krankenhaus liegt."

Ricky wollte schon entgegnen, dass es dem Schimmel mit Sicherheit an nichts mangeln würde, doch dann verschluckte sie ihre Bemerkung schnell und antwortete hingegen: „Da freut sich der Junge sicherlich und ... Lilian fände das bestimmt auch toll!"

„Meinst du?"

Ricky nickte, obwohl sie sich nicht ganz sicher darüber war.

Wortlos standen sich die beiden Mädchen dann für eine Weile gegenüber, während jedes von ihnen versuchte, die Gedanken des anderen zu erraten.

„Ich komme mir im Augenblick ein bisschen ... na halt ziemlich blöde vor", druckste Jux herum.

„Warum?", wollte Ricky wissen.

„Weil, weil ... Ach, Ricky, ich weiß, dass ich damals Riesenmist gebaut habe, und mir ist heute noch schlecht, wenn ich dran denke", begann Jux von Neuem.

Ricky schluckte.

„Ich war so eifersüchtig, auf dich, auf Diabolo und auf alle irgendwie." Jux wandte ihren Blick verlegen ab. „Du machst dir kein Bild davon, was in mir vorgegangen ist. Ich hatte das Gefühl, überhaupt nicht mehr ich selbst zu sein. Alles war plötzlich anders. Ich dachte, dir würde unsere Freundschaft nichts mehr bedeuten. Außer Diabolo war doch überhaupt nichts mehr für dich wichtig."

Ricky wollte etwas sagen, doch Jux winkte ab.

„Sag jetzt nichts! Bitte! ... Jedenfalls hatte ich das Gefühl, ob es nun stimmt oder nicht. Weißt du, ich hätte niemals gedacht, dass ich ein Pferd hassen könnte, und ich wollte

Diabolo hassen, denn er hat dich mir als Freundin weggenommen!“

Ricky starrte Jux entsetzt an. „Das ist jetzt doch nicht dein Ernst, oder?“, fragte sie heiser, doch Jux nickte.

„Es war mein Ernst. Aber du kennst mich, ich kann kein Pferd hassen. Nur ... ich wollte dir weh tun! Und darum habe ich ihn nachts geritten. Einzig und allein damit du schlaflose Nächte hast. Du solltest darunter leiden, nicht zu wissen, was mit deinem Pferd los ist.“ Jux traten Tränen in die Augen. „Ich weiß, ich war so gemein! Und als dann der Stall brannte ... Du glaubst nicht, welche Ängste ich ausgestanden habe. Die Angst um die Pferde, um Gustl, aber dann auch die Angst, man könnte herausfinden, dass ich an diesem Brand schuld war. Oh Gott, es war so schlimm! Aber irgendwie war ich dann doch froh, als alles ans Licht kam, nur hätte ich das dir gegenüber nie zugegeben.“

Sie machte eine Pause und schnäuzte geräuschvoll in ihr Taschentuch, während sich Ricky noch nicht ganz sicher darüber war, wie sie auf Jux’ ehrliche Beichte reagieren sollte.

„Und dann, als ich euch hier auf dem Gestüt gesehen habe, wurde mir irgendwie klar, dass man die Vergangenheit nicht einfach vergessen kann. Sie wird einen immer einholen, so lange, bis man etwas geklärt oder verarbeitet hat. Und das hat mich wieder wütend gemacht! Alles ist wieder aufgebrochen, und wenn Lars nicht gewesen wäre, wäre ich sofort wieder abgereist.“ Jux schaute unglücklich drein.

„Ich hatte euch allen das Schlimmste an den Hals gewünscht“, gab sie leise zu. „Und jetzt, wo das ... wo das mit Lilian passiert ist, da mache ich mir die größten Vorwürfe und habe das schlechteste Gewissen wegen meiner Gedanken. Ricky, ich schwör’s ... Man sagt und denkt so vieles, und wenn dann wirklich etwas passiert, dann wird einem klar, dass man so etwas niemals gewollt hätte! Ich ... Ich komme mir so schlecht vor ...“ Sie drehte sie jäh um und starrte Holli durch einen Tränenschleier hindurch an. „Ich habe fast das Gefühl, als ob ich schuld daran wäre, dass Lilian ...“

„Großer Gott ...“ Ricky starrte entsetzt auf Jux.

„Ich würde so gerne alles ungeschehen machen, das, was damals passiert ist, und auch Lilians Unfall. Es ist alles so schrecklich und es tut mir so furchtbar leid.“ Jux atmete zittrig durch. Sie fühlte sich einfach grässlich, vollkommen ausgelaugt, und dennoch war sie so froh darüber, sich endlich alles von der Seele geredet zu haben. Es war ihr im Augenblick völlig egal, was Ricky nun von ihr denken würde, ob sie ihr verzeihen würde oder nicht. Durch ihr Bekenntnis war ein riesiger Stein von ihrem Herzen genommen worden. Nun würde sie endlich, nach so langer Zeit, die Chance bekommen, zur Ruhe zu kommen. Wenn da nicht noch die Sache mit Lilians Unfall wäre ...

Ricky stand einen Augenblick lang völlig perplex da. Wie konnte Jux bloß so denken?

„Das ... kannst du doch nicht wirklich glauben?! Es war ein Unfall! Ein schlimmer Unfall, weil die Pferde durchgegangen sind. Hey, du darfst dir nicht die Schuld dran geben! Das ist Blödsinn! Hörst du? Absoluter Blödsinn!“ Ricky sah, dass Jux’ Schultern zuckten, als sie still vor sich hin weinte, und sie war sich nicht ganz sicher darüber, was sie nun tun sollte. Für den Bruchteil einer Sekunde zögerte sie noch, dann jedoch trat sie auf Jux zu und legte spontan die Arme um sie.

„Wir haben beide Mist gebaut“, sagte sie leise. „Und vielleicht hat es erst diesen schlimmen Unfall gebraucht, damit wir wieder wach werden und uns klar wird, wie bescheuert wir uns aufgeführt haben.“

Jux lehnte sich erschöpft an Ricky. „Meinst du, wir könnten da wieder anfangen, wo wir vor dem Mist aufgehört haben? Ich meine mit unserer Freundschaft?“, fragte sie hoffnungsvoll.

Ricky überlegte. „Nein, das glaube ich nicht, denn es ist in dieser Zeit viel kaputt gegangen. Aber ich denke, wir haben eine Chance bekommen, noch einmal neu anzufangen, wenn wir das möchten.“

„Und ... willst du?“, fragte Jux heiser.

Ricky nickte und lächelte. „Ja, ich will!“ Dann versuchte sie ein Grinsen. „Das hat jetzt wie auf einer Hochzeit geklungen.“

Jux schniefte, dann nickte auch sie. „Ja ... Ach Mensch, Ricky, ich bin so froh ...“

„Ich auch!“

„Und Lilian ... sie muss einfach wieder gesund werden!“

Ricky schluckte. „Es gibt im Augenblick nichts auf der Welt, was ich mir mehr wünschen würde.“

Gwendolyn hatte sich den ganzen Tag über mächtig zusammengerissen, doch nun, als sie die Dias von Golden Star betrachtete, fühlte sie, wie sich ihr Magen wieder zusammenkrampfte und anfing zu rebellieren. Denn auf manchen Bildern war im Hintergrund Saladin zu sehen, mit dem Golden Star oft auf der Koppel gestanden hatte, und schlagartig war all das, was sie in den vergangenen Stunden so verzweifelt zu verdrängen versucht hatte, wieder präsent. Der rasende Galopp, Saladins Sturz ...

Irgendjemand in dem abgedunkelten Raum kicherte verhalten beim Anblick von Golden Star, wie er in die Kamera flehmte, was so aussah, als würde er den Fotografen breit anlachen.

In dem Augenblick, als sie das Kichern hörte, explodierte irgendetwas in Gwendolyn. All ihre unterdrückten Gefühle schienen auf einmal hervorzubrechen, und es war ihr nicht mehr möglich, sie unter Kontrolle zu halten.

„Ich halte das nicht mehr aus!“, schrie sie, und sprang mit soviel Schwung von ihrem Stuhl, dass dieser krachend nach hinten umkippte und Judiths Knie streifte. Dann hastete sie nach draußen und knallte die Tür zu.

Verdutzt, aber auch betreten schauten ihr die Gestütsgäste hinterher.

„Volltreffer“, meinte Judith. Sie rieb sich zähneknirschend das Bein und blinzelte in das grelle Licht der Deckenlampe, die Eleonore von Hohenhausen angeschaltet hatte.

„Ich hoffe, ihr habt alle Verständnis dafür, wenn wir die Dias an einem anderen Tag zu Ende anschauen“, sagte die Gräfin ernst. „Aber ich muss mich jetzt um Gwendolyn kümmern.“ Damit verließ auch sie in schnellem Schritt den Raum.

„Arme Gwen“, murmelte Lissi mitfühlend, dann blickte sie auf Marc, der sich verwirrt umschaute.

„Suchst du was?“

„Ja! Wo ist Ricky?“

„Die ist schon gleich zu Anfang der Vorführung rausgegangen“, wusste Judith.

„Hab ich gar nicht bemerkt“, gab Marc zurück, dann stand er auf. „Sicherlich ist sie bei Diabolo. Ich geh mal gucken.“

„Ich gehe mit“, meinte Kathi, während Lissi und Judith beschlossen, nach Gwen zu sehen. Vielleicht konnten sie ja irgendetwas für ihre Freundin tun.

„Ist gut.“ Marc und Kathi liefen nach draußen und auf direktem Wege in den Stall, wo die Gastpferde untergebracht waren. Sie waren ziemlich erstaunt, als sie wenig später Ricky und Jux einträchtig in Diabolos Box sitzend vorfanden, angeregt in ein Gespräch vertieft.

„Du hast dich in Lars verliebt, nicht wahr?“, hatte Ricky etwa fünf Minuten zuvor gefragt, und Jux hatte schweigend genickt. Sie war ziemlich geknickt gewesen, als Ricky ihr fairerweise erzählt hatte, dass der Kutscher glücklich verheiratet war und eine Tochter hatte.

„Hey, Jux, der wäre doch sowieso viel zu alt für dich gewesen!“, versuchte sie die Freundin zu trösten, gerade als Marc und Kathi auf der Bildfläche erschienen.

„Da hat sie allerdings recht“, stimmte Marc Ricky zu und nickte bekräftigend.

„Oh Mann, irgendwie ist zur Zeit alles Schrott!“ Jux verzog das Gesicht.

„Vollschrott“, bestätigte Kathi. „Gwen hat gerade einen Anfall bekommen, als sie Saladin auf einem der Dias gesehen hat.“

„Und jetzt? Wo ist sie jetzt?“, fragte Ricky erschrocken.

„Keine Ahnung. Sie ist aus dem Zimmer gerauscht, als wenn eine Bestie hinter ihr her wäre. Die Gräfin ist ihr dann nachgegangen ... Ich schätze mal, dass sie in ihr Zimmer gelaufen ist.“

„Himmel nochmal, ich wollte, dies alles wäre ein Albtraum und irgendjemand würde mich aufwecken!“ Ricky griff nach dem Messbecher und kippte den letzten Rest der essigsauren Tonerde in Diabolos Verband, dann erhob sie sich und verließ mit Jux die Box.

„Ist Rainer eigentlich schon wieder zurück?“, fragte Jux bang.

Marc schüttelte seinen Kopf. „Ich glaube auch nicht, dass er so schnell wieder hier sein wird“, sagte er, und er sollte recht behalten.

Eleonore hatte ihre Enkelin in den Arm genommen.

Wenngleich sie es sonst immer verstanden hatte, Gwendolyn in allen möglichen Situationen aufzubauen, hatte sie heute das Gefühl zu versagen. Sie konnte sagen, was sie wollte ... sie schien das Mädchen einfach nicht zu erreichen. Vielleicht lag es daran, dass sie selbst noch viel zu sehr betroffen von dem Unglück war. Dennoch versuchte sie für Gwen stark zu sein.

„Du weißt, dass das Leben ein ständiges Kommen und Gehen ist“, versuchte sie ihr zu erklären. „Wir leben hier auf einem der schönsten Flecken auf Gottes weiter Welt und haben all das, von dem viele Menschen nur träumen können. Weites Land, ein Pferdegestüt, wunderbare Tiere, die das Herz höher schlagen lassen, wann immer wir sie sehen und uns mit ihnen beschäftigen. Einem dieser Tiere war es leider nicht bestimmt, bei uns alt zu werden, und ich finde das mindestens genauso furchtbar wie du, das weißt du, Gwen!“

Eleonore machte eine Pause, während sie den Kopf ihrer Enkelin in beide Hände nahm und sie dazu zwang, ihr in die Augen zu schauen.

„Aber wir haben auch noch viele andere Pferde, für die das Leben weitergeht und für die wir da sein müssen! Wir können nicht einfach in ein schwarzes Loch fallen und alles um uns herum vergessen, auch wenn wir dies vielleicht gerne täten. Ich weiß, dass Saladin für dich einen ganz besonderen Stellenwert hatte. Du wirst ihn niemals vergessen und das sollst du auch nicht, aber ... was passiert ist, daran kannst du nichts mehr ändern, und du musst dich jenen zuwenden, die am Leben sind. Schau dir zum Beispiel Florence an oder Hidalgo.“

Eleonore deutete zum Fenster hinaus auf die Stutenkoppel, wo die beiden Fohlen übermütig um ihre Mütter herumsprangen. „Sie sind der Inbegriff der Lebensfreude. Und sie haben noch viel zu lernen. Gwen, ich möchte dich bitten, dass du Florence unter deine Fittiche nimmst. Ich möchte dich darum bitten, dass du dich jeden Tag mindestens eine Stunde mit ihr beschäftigst. Und ich erwarte, dass du heute damit beginnst!"

Gwendolyn schaute ihre Großmutter durch einen Tränenschleier hindurch ungläubig an. „Florence? Ist das dein Ernst? Aber als ich dich gefragt habe, ob ich mich um sie kümmern darf, hast du gesagt, dass Marius ..."

„Ich weiß ganz genau, was ich gesagt habe", unterbrach die Gräfin sie. „Aber nun habe ich es mir anders überlegt! Ich möchte, dass du zeigst, was du kannst. Und ich verlange von dir, dass du ihr mindestens genauso viel Liebe entgegenbringst wie Saladin, und dass du sie gut erziehst!"

„Ich weiß nicht, ob ich das kann."

„Aber ich weiß, dass du das kannst!" Die Gräfin stockte, als wäre sie sich nicht ganz sicher, ob das, was sie gleich sagen würde, richtig wäre. Doch dann nickte sie, wie um sich selbst zu bestätigen.

„Gwen ... du weißt, dass du eines Tages einmal dieses Gestüt hier übernehmen sollst. Auch wenn, so Gott will, ich selbst hier noch ein paar Jahre die Chefin sein werde, möchte ich ... hör zu, ich möchte dir hiermit Florence schenken. Sie soll deine erste eigene Zuchtstute werden. Also pass gut auf sie auf. Sie ist jetzt schon eines der wertvollsten Pferde, die wir hier haben."

Gwens Mund klappte auf und wieder zu, ohne dass sie auch nur ein Wort herausbrachte. Sprachlos starrte sie ihre Großmutter an. Sie konnte nicht glauben, dass sie das, was sie gerade gehört hatte, nicht geträumt hatte.

„Du willst mir Florence schenken? Aber ... Oh Mann ..." Gwen sank kurz in sich zusammen, ehe sie die Gräfin in einer Mischung aus Trauer und Freude zugleich fest umarmte.

„Nein, ich habe sie dir bereits geschenkt!“, lächelte die Gräfin, während Gwendolyns Tränen ihre Bluse völlig durchnässten.

„Himmel, jetzt heule ich schon wieder“, schniefte ihre Enkelin aufgelöst und mit einem unsicheren Lachen. „Ich ... ich weiß gar nicht, was ich sagen soll. Das ist ... so ein großartiges Geschenk, aber ich weiß nicht, ob ich ...“

„Wenn du sie nicht willst, brauchst du es nur zu sagen“, meinte die Gräfin und bemühte sich, ihre eigene Ergriffenheit mit einem flapsigen Tonfall zu überspielen.

„Wenn ich sie nicht will? Natürlich will ich sie, ich habe nur Angst, dass sie vielleicht ...“

Eleonore wusste ganz genau, was Gwendolyn sagen wollte, und schüttelte den Kopf. „Ich habe dir gesagt, du sollst an die Lebenden denken! Florence ist jung und gesund, und du solltest nicht daran denken, was irgendwann einmal sein könnte, sondern deine Gedanken darauf ausrichten, dass sie viele Jahre lang dein Leben begleiten wird, genau so lange, wie es ihr bestimmt ist ... Und irgendwie habe ich das Gefühl, dass das ziemlich lange sein wird“, fügte sie mit einem Augenblinzeln hinzu.

Gwen schluckte, dann wischte sie sich mit dem Handrücken über die Nase und wandte sich dem Fenster zu. Noch völlig fassungslos starrte sie hinunter auf Florence, auf diesen Traum von einem Fohlen ... das schönste Fohlen überhaupt auf dem ganzen Gestüt, wie ihre Großmutter einmal gesagt hatte. Und jetzt ... jetzt gehörte es ihr. Dieses herrliche Wesen, dessen seidiges kaffeebraunes Fell strahlend die Sonne reflektierte, während es auf seinen langen, noch staksigen, aber kräftigen Beinen Hidalgo hinterherjagte und seinen kurzen blonden Schweif hoch in die Luft gestreckt trug.

Sie konnte es kaum glauben, und dennoch ...

„Omi ... du hast sie mir geschenkt, damit ich über Saladins Tod hinweg komme, oder? Ich weiß, dass du heute schon horrende Kaufangebote für Florence auf dem Tisch liegen hast“, sagte sie leise.

Eleonore trat neben ihre Enkelin und legte den Arm um sie, während sie ebenfalls auf das muntere Spiel der Fohlen hinunterblickte.

„Vielleicht ist es so“, meinte sie versonnen, dann lächelte sie. „Aber was ist schon Geld gegen Freude im Herzen? Ich möchte, dass deine Traurigkeit so schnell wie möglich verfliegt und du wieder glücklich bist.“ Sie blinzelte ihr zu. „Außerdem kostet dein Taschentuchverschleiß einen Haufen Geld, den ich lieber in die Pferde stecke!“

„Ach, Omilein.“ Gwen umarmte die Gräfin erneut und drückte sie so fest an sich, dass ihre Großmutter fast keine Luft mehr bekam. „Ich weiß nicht, wie ich dir danken kann. Du bist einfach die beste Oma auf der ganzen Welt!“

Gerührt machte sich Eleonore von ihrer Enkelin los. „Nun lauf und kümmere dich um dein Fohlen, ehe ich auch noch zu heulen anfange!“, sagte sie liebevoll, und Gwen rannte augenblicklich aus der Tür, um nach fünf Sekunden den Kopf noch einmal hereinzustecken.

„Omilein ... Ich liebe dich!“

„Du sollst verschwinden!“, lachte die Gräfin befreit auf, und gleich darauf sah sie Gwen über den Hof in Richtung der Koppel rennen. Sie wusste, dass sie das Richtige getan hatte, und dass Florence es schaffen würde, die trüben Gedanken des Mädchens schneller zu vertreiben, als es einem Mensch je möglich gewesen wäre.

Eleonore atmete tief durch, dann wurde ihre Miene wieder ernst und sie setzte sich nachdenklich an ihren Schreibtisch.

Wenn es doch auch so einfach wäre, das Problem mit Lilian zu lösen, dachte sie, dann griff sie nach dem Telefon und rief ihre Freundin Caroletta an. So stark, wie die Gräfin auch war, im Augenblick benötigte sie selbst jemanden, bei dem sie ihre Sorgen abladen konnte.

Kapitel 9

Lissi und Judith hatten Gwen vergeblich überall gesucht und entdeckten sie erst jetzt, als sie schon über den Hof rannte.

Verblüfft schauten sie sich an.

„Was ist denn jetzt los?“

„Keine Ahnung! ... Gwen! Gwe-en! Wo willst du hin? Warte!“, rief Judith. Die beiden eilten dem Mädchen hinterher und waren zutiefst erstaunt über Gwens Gesichtsausdruck. Stand doch tatsächlich ein Lächeln in ihren Augen!

„Wie jetzt?“, rutschte es Lissi heraus. „Du warst doch gerade noch am Boden zerstört, und jetzt ...“

Gwen nickte. „Meine Großmutter hat mir gerade gezeigt, wie schön das Leben sein kann, auch wenn man das Gefühl hat, dass einem der Boden unter den Füßen weggezogen wurde.“

„Öh ... alles klar! Ich versteh nur Bahnhof“, gab Judith unumwunden zu. „Also du meinst so in etwa: Wenn du glaubst, es geht nicht mehr, kommt von irgendwo ein Lichtlein her, oder so?“

„Genau! Und manchmal trägt das Lichtlein einen Namen. Mein Licht heißt Florence.“ Gwen deutete von weitem auf das Fohlen. „Darf ich euch meine erste Zuchtstute vorstellen? Florence von Hohenhausen, Alter: drei Monate, neue Besitzerin: Gwendolyn!“

Judith und Lissi schauten sich mit großen Augen an.

„Boah, deine Großmutter hat dir das Fohlen geschenkt? Im Ernst?“

Gwen nickte wieder.

„Das sollte mir mal passieren! Warum kann meine Oma kein Gestüt haben? Ich bekomme immer nur Socken von ihr.“ Neidvoll starrten Lissi und Judith auf Gwendolyn, doch schon im selben Moment freuten sie sich mit ihrer Freundin. Nach allem, was passiert war, fanden sie es einfach wunderbar, dass die Gräfin ihr ein solches Geschenk gemacht hatte. So liefen sie gemeinsam zur Koppel hinüber und schon wenige Minuten später wurde Florence, aber auch der kleine Hidalgo, mit vielen Streicheleinheiten verwöhnt.

Ricky, Kathi und Marc wurden dagegen immer unruhiger, je länger sie auf Rainers Rückkehr warteten.

Ricky öffnete nun schon zum bald hundertsten Mal Diabolos Box, um sich davon zu überzeugen, dass der Verband noch feucht genug war.

Marc rollte mit den Augen. „Mensch, Ricky, du hast erst vor fünf Minuten nachgeschaut, und da war er noch klatschnass! Jetzt gönne doch deinem armen Pferd zwischendurch auch mal ein bisschen Ruhe. Siehst du denn nicht, dass du ihn langsam nervst?“

„Ich nerve ihn überhaupt nicht. Diabolo freut sich doch jedes Mal, wenn ich komme!“, behauptete dagegen seine Freundin, während ihr das Pferd entrüstet in die Haare schnaubte.

„Ricky, Rainer wird deswegen nicht schneller zurückkommen, selbst wenn du hier alle zwei Minuten wie eine Wahnsinnige durch den Stallgang rennst!“, meinte nun auch Kathi und erntete mit ihrer Aussage einen giftigen Blick.

„Mensch, ich bin halt total nervös. Versteht ihr das nicht? Macht ihr euch denn überhaupt keine Sorgen um Lilian? Immerhin ist Rainer der Einzige, der neue Informationen darüber bringt, wie es ihr geht! Frau Beiter werden wir ja wohl kaum zu Gesicht bekommen."

„Uns geht's auch nicht anders, aber wenn wir noch zusätzlich die Pferde verrückt machen, dann bringt es auch nichts."

„Also ich kann Ricky verstehen", ließ sich da Jux aus Hollis Box vernehmen, wo sie schon seit mindestens einer geschlagenen Stunde an Lilians Schimmel herumputzte. „Vielleicht liegt's einfach daran, dass wir gesehen haben, wie Lilian eingeklemmt dagelegen ist, und wie mies es ihr gegangen ist."

„Das ist doch Quatsch! Wir wollen doch auch wissen, wie es ihr geht!"

„Aber ihr habt nicht die ganze Zeit über das Bild vor Augen." Ricky kam wieder aus der Box heraus und schaute zu Jux hinüber.

„Na, wie schön, dass ihr euch wenigstens wieder einig seid." Marc konnte sich diese Bemerkung nicht verkneifen, und Ricky wurde sauer.

„Das hättest du dir jetzt wirklich sparen können!"

„Hey ihr zwei, nun kommt mal wieder runter", versuchte Kathi die nervösen Gemüter zu besänftigen. Noch ehe sie eine giftige Antwort zurückbekam, hörten sie eine vertraute Stimme, die sie hier auf dem Gestüt mit Sicherheit als Allerletztes vermutet hätten.

Verblüfft sahen sich die Kids an.

„Was macht sie denn hier?", fragte Marc perplex in die Runde, doch Ricky setzte schon zum Spurt an.

„Ist mir völlig wurscht, aber ich freu mich unwahrscheinlich darüber, dass sie hier ist ... Caroletta!!", rief sie gleich darauf laut aus und stürzte auf die langjährige Freundin der Gräfin zu, die eben Kuno begrüßt hatte. „Gott, bin ich froh, dass du da bist! Hast du schon von Lilian gehört?"

Caroletta nickte ernst. „Darum bin ich ja hier. Eleonore hat mich angerufen, und ich hatte einfach das untrügliche Gefühl, dass ich bei euch mal nach dem Rechten schauen muss. Menschenskinder, Kiddis, was macht ihr bloß für Sachen? Wo ist denn Eure Durchlaucht? Ich muss sie erst mal begrüßen und mit ihr reden. Wir sehen uns später, ja?!"

„Ja", gab Kathi zurück. „Aber wer schmeißt denn jetzt deine Ranch, während du hier bist?", rief sie ihr noch hinterher.

„Hajott!", gab Caroletta zurück.

„Wer ist Hajott?"

„Hab ich vor ein paar Tagen eingestellt, und er hat alles im Griff, als wenn er bereits schon seit Jahren auf der Mercy-Ranch wäre", rief Caroletta, dann verschwand sie hinter der Haustür des Haupthauses.

Ricky wurde mit einem Mal total ruhig, und versonnen starrte sie in die Richtung, in der Caroletta verschwunden war.

„Könnt ihr mir mal eins sagen?", fragte sie plötzlich, und Marc schaute sie mit großen Augen an.

„Dazu sollten wir erst mal wissen, um was es geht!"

„Es ist ganz komisch ... Ich bin total nervös und habe Angst um Lilian, doch kaum ist Caroletta hier, bin ich mir plötzlich so sicher, dass alles gut wird. Warum ist das so?"

Kathi zuckte mit den Schultern. „Vielleicht darum, weil immer alles in Ordnung kommt, wenn Caroletta irgendwo aufkreuzt."

Marc schüttelte den Kopf. „Aber eines muss dir klar sein ... hexen kann sie auch nicht."

„Mann, ich weiß! Aber es gibt ein gutes Gefühl, zu wissen, dass sie hier ist."

„Stimmt! Und wisst ihr was? Caroletta würde eine gute Hexe abgeben! Und zwar eine richtig gute!"

„Eher vielleicht eine gute Fee", verbesserte Ricky, dann setzte ihr Herz für einen Schlag aus, und die Unruhe keimte augenblicklich wieder in ihr auf, als Rainer in den Hofraum fuhr. Langsam und bedächtig, fast in Zeitlupentempo kam er herangefahren, gerade so, als ob er sich erst noch dreimal überlegen würde, ob er hierher zurückkehren sollte.

Ricky tastete nach Marcs Hand.

Was, wenn er schlechte Nachrichten hätte?

Was, wenn Lilian tatsächlich ihr Bein verlieren würde?

„Oh mein Gott", war das Einzige, was Ricky leise ausstieß, nachdem Rainer ausgestiegen war und mit hängendem Kopf vor den Freunden stehen blieb.

„Und?", hauchte Kathi, mindestens ebenso bleich wie der junge Mann. „Wie ... wie geht's ihr?"

„Ich durfte gerade mal eine Viertelstunde zu ihr hineingehen. Nur ihre Eltern dürfen konstant bei ihr sein."

„Eine Viertelstunde?" Marc schaute Rainer fragend an. „Du warst mindestens vier Stunden weg! Wo warst du?"

„Bin durch die Gegend gefahren. Frag mich nicht, wo ich überall war, ich weiß es nicht. Aber ich musste einfach raus, irgendwohin, fahren, laufen, rennen, bis ich keine Luft mehr bekam ... bin in einen Wald gefahren, und dort, wo mich keiner gehört hat, habe ich geschrien wie ein Irrer, um meine Nerven zu beruhigen ..."

Jux trat an seine Seite und legte ihm die Hand auf den Arm. „Rainer ... wie geht es Lilian?", fragte sie behutsam, aber bestimmt, und der junge Mann atmete noch ein paar Mal tief durch, ehe er zu einer Antwort fähig war.

„Diese Viertelstunde ... sie war die Hölle für mich", sagte er leise. „Sie kam mir vor wie eine halbe Ewigkeit, in der ich mir hilfloser vorkam, als jemals zuvor in meinem Leben. Ihr wisst, ich liebe Lilian mehr als alles auf der Welt, ich schwör's, aber nach diesen fünfzehn Minuten bin ich rausgerannt, weil ich den Anblick fast nicht mehr ertragen konnte. Ich weiß nicht, wie ihre Eltern das aushalten. Sie tat mir so unendlich leid, wie sie da lag, immer noch an Schläuchen und Apparaten, bleich, mit eingefallenen Wangen, matten und so unendlich traurigen Augen, die ins Leere blicken und kaum ein Erkennen signalisieren."

„Was? Sie hat dich nicht erkannt?", fragte Ricky tonlos.

„Doch, schon ... Sie hatte sogar ein kleines Lächeln für mich, als ich bei ihr saß. Ich sag's euch, ich war so glücklich, als sie mir sagte, dass sie mich liebt. Und dann ... dann deutet sie auf ihr Bein und flüstert: ‚Ich weiß, was sie vorhaben. Ich habe es gehört. Aber Mama will nicht darüber reden, und ich muss darüber reden!'" Rainer schluckte seine Tränen hinunter, während er an das Gespräch mit seiner Freundin dachte.

„Ich sagte zu ihr, sie solle sich nicht aufregen und auch, dass alles gut werden würde, dass sie nicht daran denken solle, wo doch noch gar nicht raus wäre, ob ... ob überhaupt ... na, ihr wisst schon. Doch sie hat mich nur noch trauriger angeschaut und nichts mehr gesagt. Ich habe ihr noch gesagt, dass ich sie liebe, ganz gleich, was passiert, aber sie hat einfach den Kopf zur Seite gedreht, mich dann darum gebeten, dass ich gehen und ... und mir eine Freundin mit zwei gesunden Beinen suchen soll ... Ich war nicht mehr fähig dazu, irgendetwas zu antworten. Ihre Worte haben mich total geschockt, und ..." Rainers Stimme versagte. Nach einem kurzen Moment fuhr er fort: „Okay, ich geh dann mal zu der Gräfin. Sie muss wissen, was los ist." Mit weichen Knien und hängenden Schultern schlich er davon, gefolgt von den verzweifelten Blicken der Freunde.

„Wenn Lilian aufgibt, dann ... dann hat sie keine Chance", flüsterte Ricky verzweifelt und rannte kopflos davon, um, wie schon so oft, bei Diabolo Trost und Kraft zu finden.

Caroletta trat in das Büro der Gräfin ein, ohne sich daran zu stören, dass sie deren Stimme schon durch die geschlossene Tür hindurch poltern hörte.

„Was? Lars, nun hör mir mal gut zu!“, sprach Eleonore von Hohenhausen erregt in den Telefonhörer hinein, während ihre Augen beim Anblick ihrer Freundin für einen Moment zu leuchten begannen. Mit einer Handbewegung bedeutete sie ihr, sich zu setzen, dann konzentrierte sie sich wieder auf ihr Gespräch.

„Ich gebe ja zu, dass ich dich am liebsten in die Wüste geschickt hätte, nachdem das gestern passiert ist, aber du trägst keine Schuld an diesem Unfall, das ist mir mittlerweile klar geworden! Was? Ja, natürlich kann ich verstehen, dass du dir die größten Vorwürfe machst, aber damit kannst du nichts ungeschehen machen ... Wie? Kündigen? ... Tut mir leid, Lars, ich akzeptiere deine Kündigung nicht! Ich habe lange nach einem guten Kutscher gesucht, und nun gebe ich ihn auch nicht mehr so schnell her ... Nein! ... Ja! ... Nein, ich weiß noch nicht, wie es dem Mädel geht, aber ... Gut. Ja, komm morgen vorbei, und versuche jetzt ein wenig zur Ruhe zu kommen! Wir reden morgen weiter. Grüß bitte deine Familie! Wiederhören!“

Rasch legte die Gräfin auf, blies hörbar die Luft durch die Lippen, dann stand sie auf und umarmte Caroletta, die es sich auf der Schreibtischkante gemütlich gemacht hatte.

„Ich fasse es nicht, dass du hier bist! Du machst dir kein Bild darüber, wie ich mich freue, dass du ausgerechnet in diesem Moment gekommen bist!“

„Wir alten Schrauben müssen doch zusammenhalten, wenn alles zusammenbricht, oder?“ Caroletta freute sich mindestens genauso darüber, ihre Freundin zu sehen, zumal es schon ziemlich lange her war, seit sich sich das letzte Mal gegenübergestanden waren. Allerdings wäre es ihr unter anderen Umständen natürlich lieber gewesen.

Eleonore nickte und hakte sich bei ihr unter. „Komm mit. Anna soll uns einen Kaffee aufbrühen, und ich erzähle dir inzwischen, was hier alles passiert ist.“

Sie traten eben auf den Flur hinaus, als ihnen Rainer mit gesenktem Kopf entgegenkam und fast mit Caroletta zusammenstieß.

„Du bist auch hier?“, fragte er müde, und ein Blick von Caroletta genügte, um zu erkennen, dass dieser junge Mann mit seiner Kraft am Ende war.

„Kaffee kann warten!“, sagte sie ernst und bugsierte Lilians Freund direkt in Eleonores Büro. Die Gräfin folgte den beiden, schloss hinter sich die Tür, und wenig später war sie davon überzeugt, das sie Rainers verzweifelte Augen und sein hilfloses Schluchzen niemals vergessen würde.

Es war eine ruhelose Nacht gewesen.

Rainer war schlaflos bis zum frühen Morgen herumgegeistert und saß schon gegen sechs Uhr mit tiefen Ringen unter den Augen in der Küche vor seiner dritten Tasse mit dampfendem Kaffee.

Ricky hatte sich von den schlimmsten Albträumen gequält ununterbrochen von einer Seite auf die andere gewälzt, bis sie letztendlich beschlossen hatte, sich an das geöffnete Fenster zu setzen und in den wunderschönen Sternenhimmel zu blicken.

Wie schön diese Nacht ist, hatte sie trotz ihrer Traurigkeit gedacht, und als plötzlich eine Sternschnuppe vom Himmel gefallen war, hatte sie ganz fest die Augen geschlossen und sich von ganzem Herzen Lilians Gesundheit gewünscht – auch wenn sie bislang noch nie an diese Art der Wunscherfüllung geglaubt hatte.

Caroletta und die Gräfin waren bis weit nach Mitternacht zusammengesessen und hatten stundenlang geredet.

„Wie schnell doch ein Leben aus den Fugen geraten kann, und wie erniedrigend es ist, sich eingestehen zu müssen, dass man außer Hoffen und Bangen nichts tun kann, dass man verurteilt ist, auszuharren und auf das ungewisse Ende einer Situation zu warten", hatte die Gräfin gesagt und Caroletta hatte lange nachgedacht, ehe sie ihr darauf eine Antwort gegeben hatte.

Irgendwann jedoch hatte sie auf ihr eigenes Bein geklopft, das sie durch einen schweren Verkehrsunfall vor vielen Jahren dazu verdammt hatte, für den Rest ihres Lebens an einer Krücke zu laufen.

„Du erinnerst dich noch, oder?", fing sie an. „... Im Grunde genommen ging es mir damals nicht anders als Lilian heute. Sie haben mir Horrorgeschichten erzählt, und ich war nahe dran, den Verstand zu verlieren, als mir offenbart wurde, wie es um mich stand."

„Oh ja, diese Zeit werde ich niemals vergessen! Du warst ziemlich erledigt." Die Gräfin hatte heftig genickt.

„Und weißt du was? Ich habe genau drei Phasen in dieser Zeit durchlebt. Phase eins: Ich bin in ein Loch gefallen und hatte nicht vor, da auch jemals wieder herauszukommen. Phase zwei: Ich hatte eine gute Freundin, die mir daraufhin gehörig die Leviten gelesen hat, anstatt mich mit Trauergesängen noch weiter runterzuziehen ... du kennst sie sicherlich." Sie hatte eine Pause gemacht, vielsagend gelächelt und Eleonore war rot geworden.

„So, und letztendlich kam Phase drei, in der ich plötzlich alles in mir aktivierte, was als letzter Rest meines Selbst-

erhaltungstriebs noch vorhanden war. Ich machte mir klar, dass ich noch das halbe Leben vor mir hatte, und ich hatte nicht vor, dieses halbe Leben einbeinig zu verbringen. Ich wollte die Klinik aufrecht, auf zwei Beinen verlassen. Okay, die Krücke habe ich akzeptiert, man kann nicht alles haben, aber ich glaube, dass das Wichtigste in einem Heilprozess die Tatsache ist, dass man nicht aufhört, an seine Heilung zu glauben. Und weißt du was? Morgen werde ich Lilian besuchen und ihr genau das sagen. Sie soll ihr Innerstes motivieren und sie soll kämpfen, verdammt noch mal!"
Entschlossenheit war in Carolettas Augen aufgeblitzt, und die Gräfin hatte für ein letztes Mal in dieser Nacht ihr Glas Wein erhoben, um mit ihrer Freundin anzustoßen.

„Auf Lilians Gesundheit!"

Jetzt war es etwa sieben Uhr, und entgegen ihrer sonstigen Gewohnheit, in den Ferien lange auszuschlafen, hatten sich bereits alle Kids in der Küche eingefunden.

Noch bedrückter als am vorangegangenen Tag, saßen sie um den Tisch herum und warfen verlegene Blicke auf Rainer, dessen rotgeweinten Augen Bände sprachen.

Keine halbe Stunde später erschien Caroletta mit einem strahlenden Lächeln auf den Lippen.

„Guten Morgen allerseits! Gibt's Kaffee?", rief sie und ließ sich auf einen der Küchenstühle plumpsen.

Die Freunde schauten sich halb erstaunt, halb entsetzt an. Wie konnte Caroletta nur eine solche Unbeschwertheit an den Tag legen, in Anbetracht dessen, wie es Lilian ging!

„Nun, was ist los? Hätte einer von euch vielleicht die Güte, einer alten Frau eine Tasse Kaffee einzuschenken?", fragte Caroletta nachdrücklich.

Schließlich schraubte sich Ricky umständlich von ihrem Stuhl hoch und kam der Aufforderung nach.

„Verbindlichen Dank!“, lächelte Eleonores Freundin und nahm einen kräftigen Schluck.

Rainer stand abrupt auf.

Er konnte Carolettas Auftritt nicht ertragen. Doch ehe er noch aus der Tür heraus war, ertönte ein: „Setz dich wieder hin!“, und zwar in einem Tonfall, der absolut keinen Widerspruch zuließ.

Zögerlich kam Rainer zurück. Enttäuschung über Caroletta spiegelte sich auf seinem Gesicht wieder, und auch die anderen fanden die Chefin des Gnadenhofs herzlos und desinteressiert an Lilians Zustand, obgleich sie Caroletta eigentlich ganz anders kannten.

„So, ihr Lieben. Sicherlich denkt ihr jetzt, der Alten ist es vollkommen wurscht, was mit Lilian los ist. Hauptsache, sie bekommt einen Kaffee.“ Interessiert schaute Caroletta in die Runde und stellte fest, dass das eine oder andere Gesicht eine rote Farbe annahm.

„Volltreffer! Dachte ich mir doch. Also gut, hört zu! Ich möchte als Allerersten, dass ihr aufhört, mit Trauermienen durch die Gegend zu laufen! Noch ist nichts entschieden und solange besteht Hoffnung. Hoffnung wiederum heißt aber nicht, sich in Wenn und Aber zu verrennen und das Schlechteste anzunehmen, sondern dieses Wort bedeutet, all seine gedankliche Kraft ins Positive zu lenken. Es bringt nichts, dazusitzen, Trübsal zu blasen und in Mitleid zu versinken. Man muss versuchen, den Tatsachen ins Auge zu blicken und ... zu versuchen, dem Schicksal ein wenig ins Handwerk zu pfuschen.“

Wieder nahm sie einen kräftigen Schluck und registrierte dabei, dass ihr die Kids aufmerksam zuhörten. Selbst Rainer schien nun an ihren Lippen zu hängen.

„Die Hoffnung stirbt zuletzt, das muss euch klar sein! Solange Hoffnung besteht, hat man einfach daran zu glauben, dass sich alles zum Guten wendet! Und so lange Lilian beide Beine hat, gehe ich auch davon aus, dass es so bleibt. Und das solltet ihr auch! Wie wollt ihr eurer Freundin denn Kraft geben, wenn ihr selbst nicht an ihre Genesung glaubt?“ Wieder machte sie eine bedeutsame Pause, damit die Kids die Möglichkeit hatten, alles in sich aufzunehmen, was sie gerade gesagt hatte.

„Aber was wäre, wenn ...“, begann Kathi leise, doch Caroletta winkte sofort ab, noch ehe das Mädchen zu Ende gesprochen hatte.

„Darüber können wir immer noch nachdenken, wenn es wirklich soweit ist. Solange jedoch werde ich keinen einzigen Gedanken daran verschwenden!“ Caroletta schaute die Jugendlichen mit einem milden Lächeln an. „Ihr wollt eurer Freundin helfen? Dann tut es! Tut es, indem ihr an sie glaubt, indem ihr an ihre Gesundheit glaubt, und zwar ohne Wenn und Aber. Zeigt ihr, wie wichtig sie für euch ist, zeigt ihr, dass es sich lohnt, auf Freundschaft zu bauen und an sich selbst zu glauben.“

„Aber wie sollen wir das tun?“, fragte Ricky. „Wenn wir nur an sie denken, fühlt sie das doch nicht, oder?“

Caroletta schaute ihr direkt in die Augen. „Du hast keine Ahnung, mein Kind!“, antwortete sie leise. „Jeden einzelnen Gedanken, den ihr ihr sendet, wird sie empfangen. Aber damit alles noch ein wenig verstärkt wird, werden wir nun Folgendes tun ...“ Sie zog die Digitalkamera der Gräfin hervor. „Wir werden jetzt in den Hof hinausgehen. Ich werde von jedem von euch ein schönes Foto machen, und ich möchte von keinem eine Trauermiene sehen! Dann holt ihr Holli heraus und bringt ihn auf Hochglanz. Auch ihn werde ich fotografieren. Und ich möchte Diabolo, Rashid und Sharazan dazu sehen, auf gut Deutsch gesagt: die ganze Clique auf einem Haufen! Anschließend habt ihr genau zwei Stunden Zeit, um für Lilian ein paar Zeilen zu verfassen. Aufmunternde Zeilen, wohlgemerkt! Ich will keinen einzigen ‚Ach, du tust mir so leid'- Satz lesen! Habt ihr verstanden? Schreibt ihr, wie viel sie euch bedeutet, und wie sehr ihr euch darauf freut, mit ihr wieder im Gelände zu reiten. Schreibt, wozu ihr Lust habt, Hauptsache, Lilian erkennt, wie wichtig es ist, dass sie um ihre Gesundheit kämpft! In zwei Stunden werde ich eure Hoffnungsbriefe einsammeln und ins Krankenhaus fahren. Alles klar?"

Die Kids nickten ehrfuchtsvoll. Caroletta hatte es mit ihrer mitreißenden Rede doch tatsächlich wieder einmal geschafft, sie in die richtige Richtung zu lenken.

„Gut, dann bereitet jetzt die Pferde vor. Ich werde in zehn Minuten auf dem Hof sein, dann geht's los!"

Die Jugendlichen standen rasch auf und verließen ohne ein weiteres Wort die Küche. Caroletta lehnte sich seufzend auf ihrem Stuhl zurück und betrachtete Rainer, der als Einziger sitzen geblieben war.

Schweigend sahen die beiden sich an, dann streckte der junge Mann Caroletta die Hand entgegen.

„Es tut mir leid", sagte er und versuchte ein Lächeln. „Ich habe dich vorhin echt verkannt, Caroletta. Verzeih mir bitte. Ich hätte wissen müssen, dass du nicht einfach nur einen auf ‚Kaffeetante' machst."

Caroletta schlug ein. „Kein Problem. Irren ist menschlich, nicht wahr?"

Rainer nickte, und Caroletta deutete auf seine Augen.

„Frag doch mal die Anna nach zwei Gurkenscheiben! Die legst du dir dann für eine halbe Stunde drauf, dann bist du für den Fototermin wieder hübsch." Sie zwinkerte ihm zu. „Weißt du, alte Frauen schwören auf Gurkenscheiben, um ihre Krähenfüße zu bekämpfen, aber das hilft auch gegen Rötungen und dunkle Ringe von durchwachten Nächten!"

Jetzt musste Rainer doch ein wenig lachen.
Wie gut es doch tat, dass Caroletta hier war!
„Danke! Danke für alles", sagte er dann leise und machte sich auf die Suche nach Anna.

Die Gräfin stand hinter dem Fenster ihres Büros und schaute auf den Hof hinunter, wo Caroletta nun die ersten Bilder schoss. Gerührt und fasziniert verfolgte sie, wie ihre alte Freundin es doch tatsächlich schaffte, den Kids ein hoffnungsfrohes Lächeln auf die Lippen zu zaubern, und nur allzugerne hätte sie gewusst, was sie ihnen in diesem Augenblick gerade erzählte.

Eine solche Freundin zu haben, ist eines der größten Geschenke des Lebens, dachte sie, und wie schon so oft, war sie davon überzeugt, niemals einen Menschen mit einem größeren Herzen begegnet zu sein.

„Möge deine Mission gelingen und dein unerschütterliche Glaube Gott rühren, sodass er das Mädel gesund werden lässt!", sagte sie leise und wandte sich ergriffen ab.

Nach etwa einer Stunde saß Caroletta bei Marius, der sich erboten hatte, die Bilder auf seinem Computer zu speichern und auszudrucken. Schön waren sie allesamt geworden, und Caroletta nickte wohlwollend bei jedem Einzelnen, das aus dem Drucker herauskam. Besonders das Gruppenfoto mit Ricky, Marc, Kathi, Rainer und den vier Pferden hatte es ihr angetan. Jux war ein wenig traurig gewesen, als sie abseits stehend zugeschaut hatte, wie dieses Bild aufgenommen wurde, aber es war ihr klar, dass sie einfach nicht mehr dazugehörte. Marius hatte das Foto zum Schluss noch mit einem Text versehen: *Einer fehlt auf diesem Bild ... aber nicht mehr lange ;-)* ... und Caroletta fand das sehr gut! Während der Stallhelfer nun die Fotos noch laminierte, um sie haltbarer zu machen, saßen die Freunde in ihren Zimmern und schrieben ihre Briefe an Lilian.

Ricky starrte aus dem Fenster.

Schon mindestens sechs verschiedene Versionen hatte sie angefangen, sie jedoch alle wieder verworfen, und nun wanderte auch die zerknüllte Nummer Sieben in den Papierkorb.

„Ich weiß nicht, irgendwie scheint mir alles nicht passend zu sein, was ich da zu Papier bringe", seufzte sie auf und sah zu Kathi hinüber, die eifrig einen Satz an den anderen reihte. Da stand sie auf, schnappte sich Block und Kugelschreiber und verließ das Zimmer, um zu Diabolo hinüberzugehen. In seiner Nähe würde ihr sicherlich etwas einfallen.

Eigentlich komisch, dachte sie. Es gibt tausend Dinge, die ich Lilian sagen möchte, aber ich finde nicht die richtigen Worte. Nachdenklich betrat sie den Stall und auf einmal hatte sie eine Idee.

Nacheinander betrat sie die Boxen ihrer Pferde und riss jedem von ihnen ein paar Schweifhaare aus. Schwarze von Diabolo, rotbraune von Sharazan, dunkelbraune von Rashid und natürlich schneeweiße von Lilians Doc Holliday. Dann flocht sie daraus ein hübsches, vierfarbiges Freundschaftsarmband für Lilian. Schließlich strich sie eines von Hollis Hufeisen mit schwarzem Huffett ein und ließ den Schimmel auf die Mitte ihres Schreibblocks treten, was somit einen schönen „Stempel"-Abdruck ergab.

Soweit – so gut!, dachte Ricky, dann setzte sie sich zu Diabolo in die Box und kaute sekundenlang an ihrem Kugelschreiber, ehe sie in der Mitte des Abdrucks zu schreiben begann.

Liebe Lilian,

kam doch diese Ricky heute in meine Box und hat mir einfach ein paar Schweifhaare ausgerissen. Ist die denn noch zu retten? Na ja, erst später habe ich erfahren, dass sie dir daraus ein hübsches Armband geflochten hat, und das wiederum finde ich klasse!

Hey ... soll ich dir mal was sagen? Du fehlst mir ganz unglaublich! Jetzt stehe ich schon den zweiten Tag hier in meiner Box und schaue auf den Stallgang hinaus, immer in der Hoffnung, dass du zur Tür hereinkommst, aber ich warte umsonst. Ricky hat irgendwas davon gesagt, dass du im Krankenhaus liegst und nicht kommen kannst, aber mit meinem Pferdehirn verstehe ich das einfach nicht. Warum bist du nicht hier bei mir? Ich brauche dich doch! Hast du mich vergessen?

Alle besuchen mich mehrmals täglich, und ich muss sagen, dass mir das im Grunde genommen auch gefällt. Rashid guckt immer ganz neidisch, wenn ich eine Extramöhre von Kathi zugesteckt bekomme. Aber weißt du was? Obwohl alle superlieb zu mir sind und mich nach Strich und Faden verwöhnen, mich striegeln und Rainer mich sogar mit auf einen Ausritt genommen hat, fühle ich dennoch die Sehnsucht nach deiner Berührung und nach deiner Stimme, die ich so sehr liebe. Keiner kann mir das geben, was du mir gibst, und wenn du nicht bald hier erscheinst, dann trete ich in einen Hungerstreik!

Wie sehr ich mich danach sehne, mit dir wieder durch das Gelände zu streifen, in flottem Schritt der Sonne entgegen ... Bitte komm bald wieder! Ich verspreche dir auch, dass ich nie wieder im Galopp den Kopf so weit in die Luft strecke und auch ohne Martingal ganz gesittet laufen werde! Und ich werde jede einzelne Karotte mit dir teilen!

Du bist für mich unendlich wichtig ... die überhaupt wichtigste Person in meinem Leben, und auch, wenn ich im Augenblick nicht genau einordnen kann, was mit dir los ist, so weiß ich doch eins:

Mit dem Moment, an dem du zu mir zurückkehrst, wird alles, was war, vergessen sein und wir werden unserem Glück entgegengaloppieren.

Komm bald! Ich warte auf dich!

Mit ganz viel Liebe zu dir

Dein Holli

PS: Ricky, die Knalltüte, bekommt keinen einzigen geistreichen Satz auf die Reihe, und so soll ich dir sagen, dass das Armband ein Zeichen des Freundschaftsbandes ist, was zwischen dir und ihr und Kathi, Marc und Rainer schon so lange besteht. Es ist aus unseren Schweifhaaren geknüpft ... somit bekommst du sinnbildlich einen Teil unserer Kraft, um ganz schnell wieder gesund zu werden. Also, mach hin! Mit unserer Hilfe kann nix schiefgehen! Ich denk an dich in jedem Augenblick, und wenn du heute Nacht die Augen schließt, dann werde ich dich in deinen Träumen besuchen, und wir werden über den Sternenhimmel deiner Gesundheit entgegenjagen, dass dir Hören und Sehen vergeht. Verlasse dich auf mich – alles wird gut!

Alsdann bis später! Wir seh'n uns!

Von Gabi Adam sind im PonyClub bereits erschienen:

Diabolo, Pferd meiner Träume (Diabolo 1), 2000
Lebensretter auf vier Hufen (Diabolo 2), 2000*
Neue Heimat für Diabolo (Diabolo 3), 2001*
Sorge um Diabolo (Diabolo 4), 2002*
Held der Nacht (Diabolo 5), 2003*
Letzte Chance für Golden Star (Diabolo 6), 2003
Dem Doppelgänger auf der Spur (Diabolo 7), 2004*
Das Vermächtnis (Diabolo 8), 2004*
Das Geheimnis vom Espensee (Diabolo 9), 2004*
Wettlauf gegen die Zeit (Diabolo 10), 2004*
Ein Tag wie jeder andere (Diabolo 11), 2004
Fesseln der Angst (Diabolo 12), 2005
Die Mutprobe (Diabolo 13), 2005
Tage der Finsternis (Diabolo 14), 2005
Ricky in Nöten (Diabolo 15), 2005
Die Neue (Diabolo 16), 2006
Trouble auf der Mercy-Ranch (Diabolo 17), 2006
Im Tal der Tränen (Diabolo 18), 2007

*nicht mehr lieferbar